――かぷり。
（……!?）

グレンディル
エフィニア
イオネラ

レオノール
クラヴィス
ミセリア

「……済まなかった」
「陛下のせいではありませんわ」

冷血竜皇陛下の「運命の番《つがい》」らしいですが、後宮に引きこもろうと思います

柚子れもん
yuzu lemon

イラスト◆ゆのひと
キャラクター原案◆ヤス

幼竜を愛でるのに
忙しいので
皇后争いは
ご勝手にどうぞ

C O N T E N T S

UNMEI NO TSUGAI

1　妖精王女、竜皇陛下の運命の番《つがい》らしいです

Unmei no tsugai

「お嬢ちゃん、迷子かな？　ご両親や家の者はどこにいるかわかるかい？」

……これでもう、何度目だろうか。

大国マグナ帝国の皇宮《こうぐう》――謁見《えっけん》の間へと続く回廊にて、一人の少女が内心でため息をついた。

目の前でにこにこと笑うのは、皇宮の官吏《かんり》の制服を身に纏《まと》う人のよさそうな男性だ。

声を掛けられた少女――エフィニアはうんざりしつつも、精一杯《せいいっぱい》毅然《きぜん》とした態度を心がけ、丁寧に礼をしてみせる。

「ご心配いただき感謝いたします。ですが、わたくし……フィレンツィア王国第三王女、エフィニアは成人を迎え皇帝陛下に謁見を賜《たまわ》るため、陛下の元へ向かっている最中ですの。大事はありませんわ」

一息に自分の身分、名前、現在の目的……そして、「お嬢ちゃんなどと呼ばれる年でもないし迷子でもないので手助けは必要ない」ということを伝える。

すると、目の前の官吏は明らかに「しまった！」という表情を浮かべた。

「フィレンツィアの王女殿下とは露知らず、大変な失礼をいたしました……！」

いや、失礼なのはそこじゃない。

（成人して一人前の淑女《しゅくじょ》である私を、「迷子のお嬢ちゃん」扱いしたことよ！）

……などと声を上げたいのを何とか堪《こら》え、案内の申し出を丁寧に固辞し、エフィニアは何事もなかったかのように歩みを進める。

だが涼しい顔をしながらも、内心はげんなりしていた。

（私、そんなに子どもに見えるのかしら……）

ちらりと視線を下に落とすと、鏡のように磨き抜かれた大理石の床にエフィニアの姿が映っている。

成人を迎え着飾ったエフィニアだが……やはりこの場にいる他の者と比べると、幼く見えるということを否定はできなかった。

（まったく、竜族《りゅうぞく》は自分たちの常識こそが世界の常識だと思ってるから困っちゃうわ）

マグナ帝国は竜族の治める大帝国だ。

絶大な武力を誇る竜皇《りゅうおう》が大陸の統一に乗り出し早数世紀。

帝国は凄《すさ》まじい勢いで周辺国家を征服、吸収、従属させ、現在では莫大《ばくだい》な版図《はんと》を誇っている。

エフィニアの故郷であるフィレンツィア王国は、妖精族《ようせいぞく》の暮らす小さな国だ。

大陸の片隅に位置しており、今では帝国の従属国の一つである。

元々争いを好まない妖精族は、竜族が攻めてくると知るやいなや盛大にビビり散らかし、秒で降伏し白旗を上げた。

そのおかげか王族にも民にも一人の犠牲も出すことなく、比較的穏便に帝国の傘下《さんか》に入ることが出来たのである。

（そのおかげで、私はこんなに苦労しているのだけど……）

当時の竜皇も大した脅威にもならない辺境の小国など、さほど興味はなかったのだろう。

フィレンツィア王国は強固な支配を受けることもなく、割と自由にやらせてもらっている。エフィニアたち王族も王族として存続することを許されている。

だが従属国の義務として、王族の子女が成人した際には、こうして皇帝へ挨拶に来なければならないのだ。

エフィニアもほんの数分皇帝と顔を合わせるためだけに、遠路はるばる旅をしてきたのである。

（どうせ皇帝も翌日には私の顔なんて忘れるに決まってるのに、面倒だわ……。それにしても、迷子、迷子って私はもう十六歳なのよ⁉　失礼しちゃうわ‼）

妖精族は常若《とこわか》の種族とも呼ばれ、他種族に比べると成長や老化が極端に遅いのが特徴だ。

十六歳であるエフィニアも心持ちは立派な淑女なのであるが……残念ながら他の種族から見ると、十歳程度の幼い子どもにしか見えなかった。

本人としては成人した王族として外交義務を果たしに来たのであるが、皇宮の者からすれば「はじめてのおつかい」としか見えず、ついつい声を掛けてしまうのである。

（まぁいいわ。さっさと謁見を終わらせて、帝都観光を満喫してやるんだから‼）

内心でぷりぷりと怒りながら、エフィニアはやっとの思いで謁見の間へとたどり着く。

取次《とりつぎ》の者にも「迷子かな？」と間違えられながらも、何とか皇帝に相まみえる準備が整った。

既に疲れ切っていたエフィニアは、謁見はさっさと終わらせて後に控える帝都観光に心を躍らせていた。

田舎の小国で育ったエフィニアにとっては、煌《きら》びやかな帝都は皇帝などよりもよほど魅力的に映るのである。

「誇り高き妖精王の末裔《まつえい》、フィレンツィア王国第三王女、エフィニア姫のお越しです‼」

仰々《ぎょうぎょう》しい紹介と共に、竜の意匠《いしょう》が彫られた謁見の間の扉が開く。

エフィニアはまっすぐ前を見据えながら、足を踏み出した。

視線の先、武骨《ぶこつ》な玉座《ぎょくざ》に座すのは……マグナ帝国の支配者——皇帝グレンディル。

（このお方が、皇帝陛下……）

圧倒的な力を誇る竜族の頂点に君臨《くんりん》し、広大な帝国を治める若き皇帝……。

エフィニアは知らず知らずのうちに畏怖《いふ》を覚え、ごくりと唾をのんだ。

グレンディルは「冷血皇帝」とも呼ばれ、逆らう者には容赦しないと評判の男だ。

うっかりエフィニアが彼の機嫌を損ねれば、妖精族全体の存亡《そんぼう》が危ぶまれる可能性もある。

エフィニアは細心の注意を払い、彼の前に跪《ひざまず》き頭を垂れた。

「お初にお目にかかります、グレンディル皇帝陛下。フィレンツィア王国第三王女、エフィニアがご挨拶申し上げます」

「……よくぞ参られた、フィレンツィアの姫。顔を上げよ」

許しを得たので、エフィニアは顔を上げる。

先ほどは遠目にしか見えなかった皇帝の姿がはっきりと目に入り、思わず息を飲んでしまう。

若き皇帝……とは聞いていたが、グレンディルはエフィニアの想像よりもずっと若かった。まだ青年と言ってもよい年頃だろう。

夜の闇よりも深い黒髪に、氷を思わせるような怜悧《れいり》さを感じさせる整った顔立ち。

体格の良《い》い竜族にしては細身だが、座した体勢からでも中々の長身なのが見て取れた。

何より印象的なのは、こちらを射抜くように冷たい、金色の瞳で――。

「……！」

彼の瞳に見つめられた途端、どくん、と鼓動が跳ねた。

思わず目を逸《そ》らしたくなったが、皇帝の御前《ごぜん》でそんな真似《まね》は許されない。

エフィニアは何とか必死に彼を見つめ返したが……次の瞬間、彼の姿が一瞬にして掻《か》き消《き》えた。

「……え？」

あっと思う間もなく、気が付けば彼の金色の瞳が視界いっぱいに広がっていた。

玉座に座していたはずの皇帝が、いつの間にかエフィニアの目の前……息遣いを感じるほどの至近距離にいる。

まったく予期しなかった展開に、エフィニアは瞬《まばた》きもできずにただ硬直するしかなかった。

すぐに、皇帝の顔が近づいてきて、そして……。

――かぷり。

首筋を、甘噛《あまが》みされた。

（………？？！？！？？）

数多《あまた》の種族を束ねる大帝国——その頂点に君臨する皇帝が、まるで聞き分けの無い犬のようにエフィニアの首筋をかぷかぷと甘噛みしている。

あまりに想定外の状況に、エフィニアは早々に思考を放棄した。

（……これは夢よ、夢に決まってるわ。一度眠れば、現実に戻れるはず——）

騒然《そうぜん》とする周囲の声を受けながら、エフィニアは静かに意識を手放した。

◇◇◇

「……様、エフィニア姫様！」

どこからか自分を呼ぶ声が聞こえ、エフィニアの意識はゆるゆると覚醒《かくせい》した。

重いまぶたを開くと、皇宮の女官と思われる女性がこちらを覗《のぞ》き込《こ》んでいた。

「エフィニア姫、お目覚めになられたのですね！」

ここはどこかしら……と周囲を見回したが、残念ながら記憶にはない場所だった。

だが内装や豪華な調度品《ちょうどひん》から察するに、マグナ皇宮の一室なのだろう。

「どこか、体に異常などは感じられますか？」

「いえ、大丈夫よ。それよりも私、皇帝陛下に謁見の途中だったんじゃ——」

「……そのことについてなのですが、姫君。重要なお話がございます」

確か自分は皇帝に謁見するために皇宮へやって来て……いつの間にか、おかしな夢を見ていたような気がする。

するとと神妙な顔の女官は、次の瞬間とんでもないことを告げた。

「先ほどの皇帝陛下と姫君の謁見により……エフィニア姫がグレンディル皇帝陛下の『運命の番』であることが発覚いたしました。つきましては姫君には、側室《そくしつ》としてグレンディル皇帝陛下に嫁《とつ》いでいただきたく存じます」

「…………………え？」

エフィニアはしばしの間その言葉を反芻《はんすう》し、そして意味を理解した瞬間……盛大に顔をしかめてしまった。

「…………はぁ⁉」

「それに伴い、姫君には本日より後宮に入っていただきたく――」

「ちょちょちょ、ちょっと待って、私が運命の番って……何かの間違いでしょ⁉」

何事もなかったかのように説明を続ける女官に、エフィニアは慌てて食って掛かった。

運命の番――どうやら竜族には、天命《てんめい》によって定められた魂の番という制度……というよりも習性が存在するらしい。

それ自体はエフィニアも知識として知っているし、他種族の習性を否定するつもりはない。

……自分が、巻き込まれさえしなければ。

「竜族の番って言えば相手も竜族のはずでしょう？　何で私が！」

「おっしゃる通り、通常竜族の番は同じく竜族であることがほとんどです。ですがごく稀《まれ》に……他の種族が運命の番だったという事例も存在します」

……なんて傍迷惑《はためいわく》な。

エフィニアはがっくりと項垂《うなだ》れてしまった。

竜族の中で運命の番だのなんだの言っているだけなら、エフィニアも文句を言うつもりは無い。

だがまさか、その中に自分が巻き込まれる日が来るとは思っていなかった。

（もしかして、あれは夢じゃなくて……皇帝陛下が私に噛《か》みついたのはそういう意味だったの⁉）

属国の王女とはいえ、初対面の女性にいきなり噛みつくなど、とても正気だとは思えない。

あれも、運命の番と出会った際の症状だったのだろうか……？

「……本当に、間違いではないのね？」

「ええ、エフィニア姫はグレンディル陛下の運命の番様《つがいさま》でいらっしゃいます」

女官が力強くそう告げ、エフィニアはとうとうため息をついてしまう。

（ただ挨拶しに来ただけなのに、何でこうなるのよ……。しかも今日から後宮に入れって……あれ、後宮……？）

「竜族には皆運命の相手がいるのよね？　ならどうして、後宮なんて場所があるの？」

後宮とは皇帝の妃《きさき》が多数暮らす場所である。

竜族に「運命の番」なんてものが存在するのなら、数多の妃を娶《めと》る必要などはないだろう。

それなのに何故《なぜ》、何故後宮などと言う場所が必要なのか。

そう問いかけると、女官は少し気まずそうに口を開いた。

「いえ、それがその……歴代の竜皇陛下の中には、番様ではなく他のお妃様を寵愛《ちょうあい》される方もいらっしゃいまして――」

聞けば、「運命の番」とは唯一の伴侶《はんりょ》というわけではなく、単に精神安定剤的な存在であるらしい。

そのため番を傍《そば》に置きながら、他にも数多の女性を侍《はべ》らせ愛《め》でる男も後を絶たないのだとか……。

嫌な予感が頭をよぎり、エフィニアはおそるおそる疑問を口にする。

「ちなみに、グレンディル陛下の後宮に妃はいらっしゃるのかしら」

「はい、帝国や傘下の国々より選《え》りすぐりの姫君が三十名ほど」

（なんですってぇぇぇぇ⁉　あんなストイックそうな顔をして、三十人もの女性を侍らせているなんて！　不埒《ふらち》だわ‼）

あんな冷酷そうな顔をして、裏では様々な女性をとっかえひっかえとは。

しかも皇帝は、エフィニアも後宮に入れと言っているそうではないか。

……エフィニアは彼の唯一の妃ではなく、何十人かいる側室の一人となるのだ。

（………………なによそれ！　勝手に人を巻き込んでおいて、ふざけるにもほどがあるわ‼）

エフィニアはそう怒鳴りたいのをぐっと堪えた。

妖精族は基本的に一夫一妻制《いっぷいっさいせい》をとっている。

そのため何十人もの女性を侍らせるなどというのは、エフィニアからすれば不誠実にもほどがあるし、自分がその中の一人になるというのはいたくプライドが傷つくのだ。

許されるのなら「私はそんなに安い女じゃないわ！」と皇帝の横っ面を引っぱたいて皇宮を飛び出してやりたいところだが……残念ながら立場上そうするわけにもいかない。

エフィニアは帝国の従属国である小国の王女。

実際に竜皇に立てつき、焼き尽くされた国がいくつあることか……。

エフィニアの行い一つで、竜の逆鱗《げきりん》に触れ祖国が焦土《しょうど》となる可能性もあるのだ。

——王族の最も重要な責務は民を守ること。

生まれた時より王女としての教育を受けているエフィニアは、きちんとそのことを胸に刻んでいた。

これも、属国の王女の宿命だったのかもしれない。

（……従うしか、ないのね）

ならばせめて、もう一度きちんと皇帝と話がしたい。

エフィニアはかの皇帝については何も知らないも同然だ。

それは、相手も同じだろう。

じっくりと話をすれば、少しでも良い関係を築いていけるかもしれない。

「……もう一度、皇帝陛下にお会いできるかしら」

この時のエフィニアは、少なくとも皇帝に向き合いたいという思いを抱いていた。

……この時は、まだ。

◇◇◇

一方その頃、皇帝グレンディルは……現実から逃避するように書類仕事と格闘していた。

だが、どれだけ素早く書類をさばいても、グレンディルの頭を悩ませ続けることがあった。

……あの、小さな番のことである。

──「皇帝陛下の運命の番が見つかった」

その知らせは、たちまちの間に皇宮を駆け巡った。

竜族に生まれても、誰もが運命の番と出会えるわけではない。

そのため運命の番が見つかることは喜ばしいこととされ、特に皇帝の番であれば国を挙げての慶事《けいじ》となってもおかしくはないのだが……。

今回の場合はその相手が特殊過ぎたのだ。

──「相手はまだ年端《としは》も行かない妖精族の姫君で、皇帝陛下は出会い頭に姫君に襲い掛かったらしい」

そう聞いたものは皆、一様にドン引きしたように口をつぐみ、まるで汚らわしい変態を見るような視線をグレンディルに注ぐのだ。

いや、待て。そんな目で俺を見るな。

あれは決して故意じゃない。ただ、気が付けばあの小さな妖精姫の柔らかそうな首筋に噛みついてしまっていただけなのだ……！

……駄目だ、釈明不可《しゃくめい》だ。

グレンディルが皇帝でなければ、その場で通報されてひっ捕らえられていてもおかしくはない。

番の本能というものがこんなに恐ろしいものだとは、今の今まで知る由《よし》もなかった。

グレンディルとて他の誰かがそんな真似を仕出かしたと聞いたのなら、「恥を知れよロリコン野郎」と相手を軽蔑しただろう。

だが、問題を先送りにしても消えてくれるわけではないことはわかっている。

咎《とが》めるような視線から逃れるために、グレンディルはこうして一人、執務室に籠城《ろうじょう》している。

「…………はぁ」

グレンディルとて、今回の事態が異常だということはよくわかっている。

竜族の番は基本的に同じ竜族であり、年の頃も釣り合う者であることが多い。

竜族は成長が早く、男も女も長身で立派な体軀《たいく》を持っている。

それゆえ、女性であれば豊満な体つきの者が美しいとされる価値観だ。

そんな竜族の感覚からすれば、エフィニアなどまだ尻に卵の殻が付いた雛《ひな》同然だ。

帝国法に照らし合わせれば成人しているはずだが、見た目はどう見ても幼い子どもなのである。

そんな守るべき子どもを、番にするだなんておぞましい……！　などと他の者が思うのも、理解できなくはない。

だが、もっとも恐ろしいのは……グレンディルがどれだけ振り払おうとしても、いっこうに脳裏《のうり》からエフィニアの姿が消えないことだ。

「………エフィニア王女、か」

顔を合わせた時間はほんの一瞬に過ぎなかった。

だが、グレンディルの優秀な頭はしっかりと彼女の姿を記憶している。

ふわりと流れる桜色の髪は艶《あで》やかで美しく、真っすぐにこちらを見つめる新緑色《しんりょくいろ》の瞳は、吸い込まれそうなほどに澄んでいた。

あどけない顔立ちとは裏腹に、身に纏う気品はさすが王族といったところか。

体つきは少し触れれば壊れてしまいそうなほどに華奢《きゃしゃ》で……いや待て、触れるって何だ。

誓って他意はない。これはあくまで、冷静に彼女の姿を振り返っているだけなのだ。

決して、もっと近づけば花のようにかぐわしい香りがするのではないかなどと考えている訳でなく――。

その時、執務室の扉を叩《たた》く音が聞こえ、グレンディルは瞬時に冷血皇帝の仮面を取り戻す。

「……何だ」

「陛下、クラヴィス様がお越しです」

「クラヴィスか……通せ」

自分一人でいるから余計なことを考えてしまうのだ。

誰かと話していれば、少しは気がまぎれるかもしれない。

そう考え、グレンディルは入室を許可する。

すぐに、扉が開き一人の青年が姿を現す。

――クラヴィス・ザイン。

マグナ帝国筆頭公爵家の令息で、グレンディルの側近でもある男だ。

グレンディルにとっては幼馴染《おさななじみ》のような間柄でもあり、「冷血皇帝」を恐れずズバズバと物申してくる数少ない相手でもある。

ずかずかと室内に足を踏み入れたクラヴィスは、にやりと笑ってとんでもないことを口にした。

「よぉロリコン。まさかお前に幼女趣味があるとはさすがの俺でも見抜けなかったよ」

グレンディルは即座に、手元の文鎮《ぶんちん》をクラヴィスの顔面目掛けて物凄《ものすご》いスピードで投げつけた。

だがクラヴィスはひらりと身をかわし、皇帝の剛腕《ごうわん》によって放たれた文鎮は、クラヴィスの背後の執務室の扉を半壊させた。

「おいおい、荒れてんなぁ。せっかく運命の番が見つかったたっていうのに」

「お前の戯言《たわごと》のせいだ。今すぐ不敬罪《ふけいざい》で城門に首を晒《さら》すぞ」

「おー怖っ！　さすがは泣く子も黙る『冷血皇帝』だな」

クラヴィスは恐れることもなく、ニヤニヤと笑いながら近付いてくる。

その様子に、グレンディルは舌打ちした。

「いやいや、よかったじゃん。運命の番が見つかるなんてめでたいことだろ」

まったく、何がめでたいものか。

ここで「あぁそうだな」などと返せば、クラヴィスが「やっぱり皇帝陛下は幼女趣味だってよ！ヒュ～!!」などと光の速さで吹聴するのはわかりきっている。

奴《やつ》はそういう男なのだ。

だからグレンディルは、あえて冷たく突き放すような言葉を口にする。

「めでたい？　冗談はよせ。あんな子どもみたいなのが俺の番だとは心外だ」

その瞬間、場の空気が凍り付いた。

視線を感じて振り向けば……いつからそこにいたのだろうか。

半壊した扉の向こうに顔を青ざめさせた騎士と……恐ろしいほど無表情なエフィニアが立っていたのだ。

皇帝とゆっくり話したいと望んだエフィニアは、女官に先導されながら彼の元を目指していた。

どうやら彼はエフィニアのように倒れることもなく、今も自身の執務室で仕事をこなしているという。

彼は、エフィニアの話を聞いてくれるだろうか。

少しでも、互いについてわかりあうことができればいいのだが……。

だが、そんな展望を抱きながらエフィニアが執務室にたどり着くと、何故か入り口の扉が半壊していた。

「あの、これは……」

「いえ、その……先ほど、皇帝陛下が破壊されまして──」

………？？

おそるおそる扉を守る（守れてないが）騎士の告げた言葉に、エフィニアは首を傾《かし》げた。

はて、何故皇帝は自分の部屋の扉を壊すような真似をしたのだろうか。

いや、今重要なのはそこじゃない。

今はとにかく、彼に話を——。

だが、その時壊れた扉の向こうからエフィニアの耳に飛び込んできたのは、とんでもない言葉だった。

「いやいや、よかったじゃん。運命の番が見つかるなんてめでたいことだろ」

「めでたい？　冗談はよせ。あんな子どもみたいなのが俺の番だとは心外だ」

聞こえてきたのは、確かに皇帝グレンディルの声だった。

……子どもみたいなエフィニアが番だとは心外だと？

いきなり噛みついて、勝手に運命の番にして、側室として後宮に入れようとしているくせに？

よくもそんな被害者面《ひがいしゃづら》ができるものだ。厚顔無恥《こうがんむち》にもほどがある。

(そう……陛下のお気持ちはよぉくわかったわ)

わずかに抱いた希望が、ガラガラと崩れ落ちていく。

話し合いをしようなど、無駄な足掻《あが》きだったようだ。

皇帝グレンディルは……話し合う価値もないとんでもないクズ野郎なのだから！

燃えるような怒りと凍り付くほどの侮蔑《ぶべつ》を抱えたまま、エフィニアは制止を無視して執務室の中へと足を踏み入れる。

執務室の中には、皇帝ともう一人、見知らぬ青年がいた。

二人はエフィニアの姿を見た途端「しまった！」というような表情になったが、エフィニアはそんな二人ににっこりと笑いかける。

「お話し中失礼いたします、皇帝陛下。わたくし、陛下に申し上げたいことがあってこちらへ参りましたの」

グレンディルは何も言わない。

それをいいことに、エフィニアは続ける。

「わたくしは運命の番だからといって出しゃばるつもりはございません。陛下の愛も求めません。属国の王女として、後宮に入ることも承知いたしました。もちろん、わたくしの元へ通っていただく必要もございません。ですから……」

すぅ……と息を吸い、エフィニアは思いの丈をぶちまけるようにまくしたてた。

「金《こん》・輪《りん》・際《ざい》！　わたくしに構わないでくださいませ!!」

それだけ言うと、優雅に一礼してその場を後にする。

皇帝も、皇帝の傍に居た男も、皇帝を守る騎士さえも……皆呆然《ぼうぜん》としてその場から立ち去る妖精の王女を引き止めることはできなかった。

（いいわ、後宮に入ってやろうじゃないの。そっちがその気なら、私だって勝手にさせてもらうだけよ!!）

ずんずんと大股で皇宮を闊歩《かっぽ》しながら、エフィニアはメラメラと怒りに燃えていた。

◇◇◇

「ようこそいらっしゃいました、エフィニア王女殿下」

たどり着いた後宮の正門の前には、何人かの女官が待ち構えていた。

エフィニアがやって来たのを見て、中年の女官が一歩前へ進み出る。

「私はこの後宮の女官長を務めさせていただいている者です。どうぞ、お見知りおきを」

言葉遣いこそ丁寧だが、女官長がこちらに向ける視線にはあからさまな侮蔑が滲《にじ》んでいた。

「本当にこんなチビを後宮に？」とでも言いたげだ。

（まったく、私だって来たくてここに来たわけじゃないのに……。竜族って本当に傲慢《ごうまん》ね！）

この場にいる女官はおそらく皆竜族の者なのだろう。

身長も高く、エフィニアからすれば見上げなければ会話ができないほどだ。

必死に顔を上げるエフィニアを見て、女官長はニヤニヤと意地の悪い笑みを浮かべている。

憤りをぐっと抑え、エフィニアは花のような笑顔を作って見せる。

「フィレンツィア王国第三王女、エフィニアと申します。皆さま、どうぞよろしくお願いいたします」

――どんな時でも誇りと気品を忘れずに、可憐《かれん》な花を演じて棘《とげ》を刺す機会を待て。

幼い頃からみっちり教えられたとおりに、エフィニアは優雅に一礼してみせた。

その様子に女官長は面食らったようだが、すぐにコホンと咳払《せきばら》いして後宮へと続く門を開く。

「さぁ、こちらへどうぞ。王女殿下」

エフィニアはごくりと唾をのんで、後宮へと足を踏み入れた。

マグナ帝国の後宮は想像よりもずっと広大だった。

いくつもの建築様式の異なる建物が立ち並び、庭園が広がり……まるで一つの小さな町のようだ。

「我が帝国の後宮には大陸中より多くの姫君が集まっておられるゆえ、それぞれの種族の性質にあったお住まいを提供させていただいております」

ドヤ顔でそう告げる女官長の話を聞き流しながら、エフィニアは周囲に視線を走らせた。

確かに側室と思われる着飾った女性や行き交う女官、下働きの少女に至るまで竜族だけではなく、多くの種族の者が集められているようだ。

女官長はどんどんと後宮の奥へと足を進めていき、エフィニアは置いて行かれないように小走りでついていく。

荘厳《そうごん》な建物をいくつも通り過ぎ、ひとけが無くなった後宮の片隅で女官長はやっと足を止めた。

「こちらがエフィニア王女殿下にお過ごしいただく邸宅になります。妖精族は自然を愛し質素な暮らしを好むと伺いましたので、このようなお住まいを用意いたしました」

そう言って満面の笑みを浮かべた女官長が指し示したのは……ほとんど朽ちかけた、ボロボロの屋敷《やしき》だった。

きっとかつては立派な邸宅だったのだろう。

だが今は、石壁はボロボロで、レンガは色あせ、木製の柱は今にも折れそうなほどに朽《く》ち果てている。

窓ガラスは粉々に割れ、併設された温室から伸びたツタが建物全体に絡みつき、異様な雰囲気を放っていた。

まるで、今にもゴーストが飛び出してきそうなほどのボロ屋敷だ。

思わず女官長に視線を遣《や》ると、彼女はニヤニヤと意地悪く笑いながらエフィニアを見下ろしていた。

「気に入っていただけましたでしょうか、王女殿下？」

（……なるほど、何故かはわからないけど私が気に入らないのね）

きっと彼女は、エフィニアが惨めに怒ったり泣いたりするのを期待しているのだろう。

だが、彼女の思い通りに動いてやるのは癪《しやく》だ。

エフィニアは精一杯愛らしい笑みを浮かべ、喜色《きしよく》に満ちた声を上げて見せた。

「まぁ、なんて風情《ふぜい》があって素敵なのかしら！　女官長、このように素晴らしい場所を提供いただき感謝いたします！」

「…………へ？」

「ふふ、これからの生活が楽しみだわ。あぁそう、皆さま、もう案内は結構でしてよ。いつまでも皆さまのお手を煩わせては悪いもの。では、御機嫌よう」

それだけ告げると、エフィニアは呆然とする女官たちに一礼し、ボロボロに朽ちかけたエントランスの扉を破るようにして屋敷の中へと身を躍らせた。

（……ふん、あなたたちの思い通りになんてなってやらないんだから！）

ぷりぷりと怒りながら、屋敷に足を踏み入れたエフィニアはエントランスに立ち周囲を見回す。

「これはまぁ……予想通りに酷《ひど》い有様《ありさま》ね」

天井には大きな穴が開き、空模様がはっきり見えていた。

壁も虫食い状態で、屋敷の中にはがれきが積み重なり蜘蛛《くも》の巣《す》が張っている。

このままでは、とても暮らせたものではない。まだ外で野宿した方がマシだろう。

普通の姫君ならば、裸足《はだし》で逃げ出すような極悪物件《ごくあくぶっけん》だ。

だが、エフィニアが女官長に逆らわなかったのはなにも意地を張っていただけではない。

ちゃんと、勝算があるのだ。

「妖精王の末裔たるエフィニアの名において命じる……来たれ、〈ブラウニー〉」

エフィニアの呼びかけに応じて、中空からモコモコの毛を持つウサギの精霊が現れた。

一匹、二匹、三匹……またたく間に、何十匹ものウサギ精霊がエフィニアの足元に集まってくる。

彼らは掃除好きの精霊――「ブラウニー」だ。

妖精族の王族であるエフィニアは、このように自由自在に精霊を呼び出す力を持っていた。

「よし。みんな、このお屋敷を片付けてもらっていいかしら？」

『ぷぎゅー！』

ブラウニーたちは元気よく返事をして、ぴょんぴょん跳ねながら散らばったがれきを片付け始める。

その様子を確認して、エフィニアは次なる精霊を呼び出した。

「来たれ、〈ノーム〉」

途端に現れたのは、アライグマのような姿をした土の精霊――ノームだ。

よちよち集まってくるノームたちを撫《な》でながら、エフィニアはてきぱきと指示を出す。

「壁や天井に穴が開いているでしょ？　そこの補修をお願い。窓や温室のガラスも見栄え良く直してちょうだい。あと、全体的にボロボロになっている場所も綺麗《きれい》にしてもらえると助かるわ」

『キュキュッ』

（後はツタを綺麗に剪定《せんてい》して、せっかく温室があるのだから有効活用もしたいわね。この辺りの土地は空いているし、畑を作ってもいいかも……）

次々と精霊たちを呼び出しながら、エフィニアは着々とボロ屋敷のリフォームを進めていった。

◇◇◇

翌朝、女官長はウキウキと足取りも軽く後宮を闊歩していた。

目指すのはあの生意気な新米《しんまい》側室――エフィニアの元である。

片田舎の小国の王女のくせに、後宮を仕切る女官長たる己に楯つくとは片腹痛い。

幸いにも運命の番だからと言って、グレンディル帝にはあの小さな妖精王女を寵愛する様子はないようだ。

……栄《は》えある皇后《こうごう》の座に、あんなちんくしゃな小娘が就こうなどとは許せるはずがない。皇后の座にふさわしい者は他にいる。だから今は、あの小娘を完膚なきまでに叩きのめし、支配下に置いておかなければ。

エフィニアに割り当てたのは、もう長い間誰も足を踏み入れていない廃墟《はいきょ》だ。

もちろん、あんな場所に蝶《ちょう》よ花よと慈しまれた姫君が住めるはずがない。

さすがにあの生意気な小娘も、一晩あの場で過ごし頭も冷えただろう。

泣きついて許しを請えば、少しだけまともな住居を用意してやってもいい。

そう、思っていたのだが……。

「な、なんですかこれは……！」

ボロ屋敷があった場所にたどり着いた女官長は、己の目を疑った。

確かに昨日までは、朽ちかけた屋敷がそこにあったはずだ。

だが今目に映るのは、昨夜とはまったく違う光景だった。

ボロボロに朽ちかけていた壁や屋根は綺麗に補修され、まるで新居のように美しい佇《たたず》まいを見せている。

薄気味悪く屋敷中に巻き付いていたツタは色とりどりの花を咲かせ、まさしく妖精の姫の住処《すみか》にふさわしい華やかな装飾となっていた。

温室や窓にはガラスが綺麗にはまっており、光の加減によりさまざまに色を変え、幻想的に輝いている。

雑草が生い茂っていた屋敷周辺の土地には、綺麗に畑や庭が整備され、見たこともない精霊や幻獣が遊びまわっていた。

……これは、何かの間違いではないのか。

目の前の光景が信じられず、ぽかんと口を開ける女官長の耳に、鈴を転がすような声が飛び込んでくる。

「御機嫌よう、女官長。爽やかな朝ね」

ゆっくりとエントランスの扉を開け階段を下りてくるのは、あの生意気な側室――エフィニアだった。

一晩あばら家で過ごしたとは思えないほど肌や髪にも艶《つや》があり、表情もはつらつとしている。

そんなエフィニアはこの光景にも驚くことなく、悠々とこちらへ近づいてくる。

「とても素敵なお屋敷ね、感謝するわ。ほんの少しだけ、私の住みやすいように改修させてもらったけど……問題ないでしょう？」

そう言って挑戦的に笑うエフィニアに、女官長は歯嚙《はが》みした。

エフィニアにこの屋敷を与えたのは他でもない自分自身だ。

屋敷を維持、管理するのは女主人たる側室の仕事である。

エフィニアがこの邸宅の所有者となった以上、度を超えて予算を食いつぶすなどの失態がない限り、女官長であっても口を挟めはしない。

そして……エフィニアは後宮の予算に手を着けてはいない。

このこまっしゃくれた小娘は、何らかの手段を使い己の力のみでこの屋敷を改修してみせたのだ！

「せっかくお越しいただいたんですもの、中でお茶でもいかが？」

余裕の笑みを浮かべてそう口にするエフィニアに、女官長は奥歯を噛みしめて礼をした。

……これ以上、彼女のペースに飲まれてはいけない。

ここは、ひとまず退散するべきだろう。

「……申し訳ございません。次の予定が入っておりますゆえ、辞退させていただきます」

「あら、そうなの？　残念だわ。あなたにはとぉってもお世話になったんだもの」

「……失礼いたします」

顔を真っ赤にしてぶるぶると怒りに打ち震えながら、女官長は足早にその場を立ち去った。

その背中を見送り、エフィニアはにんまりと勝利の笑みを浮かべるのだった。

―2― 妖精王女、小さな竜に出会う

「はぁ～、今日もいい天気ね」

エフィニアが後宮にやって来て数日、初日のようなあからさまな嫌がらせはない。

ひとまずは何事もなく暮らせているのだが……。

（……また、来てるわね）

のんびり花畑に水をやりながらも、エフィニアはちらりと遠くへ視線を走らせた。

エフィニアの屋敷《やしき》は後宮の端に位置し、周囲には林などが広がっており他の妃《きさき》の邸宅はない。

だが林の中の木陰から……後宮の侍女と思わしき装いの者がじっとこちらを偵察していた。

一度声を掛けようとしたら逃げられたので、こうして放置しているのだが……やはり良《い》い気はしない。

（あの女官長みたいに、他の側室が私を警戒しているのかしら……？　まったく、私はただおとなしくしてるだけなのに）

エフィニアは皇帝グレンディルの運命の番《つがい》……であるらしい。

未《いま》だにエフィニアにはまったく自覚はないのだが、どうやらそういうことであるらしいのだ。

竜族にとって運命の番とは、かなり特別な存在のようだ。

だから他の側室がグレンディルの運命の番であるエフィニアを警戒するのも、理屈としてはわかるのだが……どうにも納得できない。

（運命の番って言っても、あの人は私のことを「あんな子どもみたいなのは心外だ」なんて言ったのよ⁉　それなのに女官長には嫌がらせをされるし他の側室には警戒されて見張られるし……私が何をしたっていうのよ！）

エフィニアはなにも「運命の番」という立場を濫用《らんよう》したりはしていない。

ただ与えられた屋敷で、慎《つつ》ましく暮らしているだけなのだ。

それなのに、こうも警戒されるとは……。

全部あの皇帝のせいだわ……とぷりぷりしながら、エフィニアはこちらを警戒する視線を無視して屋敷の中へと引っ込んだ。

一晩で外装を綺麗《きれい》にリフォームした屋敷だが、まだまだ屋敷内は手を加える必要がある場所も多い。

『ムゥ～』

屋敷内では、ハムスターの姿をした物作りが得意な精霊――レプラコーンが楽しそうに働いている。

屋敷内に転がっていたがれきや廃材を利用して、エフィニアに合わせた家具やインテリアを作ってくれているのだ。

「いつもありがとう。クッキーを焼いたから食べてね」

『ムムー‼』

エフィニア自ら厨房《ちゅうぼう》で焼いたクッキーを持ってくると、レプラコーンたちは嬉《うれ》しそうにわらわらと集まって来た。

(精霊の力を借りれば、最低限の自給自足《じきゅうじそく》は可能ね)

エフィニアの召喚する精霊の中には、作物の成長を著《いちじる》しく早め、ほぼ一日で収穫可能にできるものもいる。

畑や温室を駆使《くし》すれば十分食べていけるのだが……それでもエフィニアは憤らずにはいられない。

(私だから何とかなるけど、側室に食事も出さないってどういうこと⁉　職務怠慢《しょくむたいまん》だわ！)

あの女官長のしたり顔を思い出し、エフィニアはぐぎぎ……と歯噛《はが》みした。

ほぼ強制的に後宮に入れておいて、ろくに寝起きできる場所も食事も与えないとは。

これは、帝国の威信《いしん》にかかわる問題ではないだろうか。

(もう少し内情を探って……直訴《じきそ》してやってもいいかもしれないわね)

女官長やエフィニアを敵視する側室と正面切って事を構えるには、エフィニアはこの後宮について何も知らな過ぎた。

半端な情報で打って出ても、握りつぶされてしまうかもしれない。

「情報収集が、必要ね……」

まずは敵の正体やこの後宮という場所について探らねばならない。

それに……この後宮は数多《あまた》の高貴な姫君が暮らす場所。きっと大陸中から選《え》りすぐりの料理人が集められているはずである。

……少しは、その恩恵にあやかりたいのだ。

◇◇◇

エフィニアがまだ見ぬ帝国グルメに思いを馳《は》せている頃……皇帝の執務室の空気は張りつめていた。

鬼気迫る勢いで書類をさばいていく皇帝グレンディルに、側近たちはすっかり怯《おび》え切っている。

――「金《こん》・輪《りん》・際《ざい》！　わたくしに構わないでくださいませ‼」

あの小さな番に拒絶された日から、グレンディルは静かに荒れていた。

まるで現実逃避のように昼夜問わず仕事に没頭し、少しでも気に入らない発言をする者がいれば「首を刎《は》ねられたいのか？」と脅す始末。

まさに「冷血皇帝」の名にふさわしい、歩く地雷と化してしまったのだ。

皇帝の側近の一人であるクラヴィスは、この状況を憂いていた。

さすがにこんな状況が長期間続けば、バタバタと倒れる者が続出するだろう。

すると、その分の仕事が自分の所に降ってきかねない。それは勘弁願いたいのだ。

だから、そろそろこの状況をなんとかせねば。

「あーあ、そろそろ疲れたから休憩にしねぇ？　はい仕事終わりー！」

グレンディルの手元から書類を取り上げ、室内で震えながら執務に従事していた者たちも「休憩」の名目で追い払う。

そして、人払いを済ませたところで本題に入った。

「……なぁ、ごめんて。俺も一緒に行くから、エフィニア姫に謝りに行こう。な？」

グレンディルがこんなにも荒れているのは、「運命の番」に手ひどく拒絶されたせいだろう。

個人差はあれども、竜族にとって番とはそれだけ大きな影響力を持つ存在なのだ。

エフィニアはグレンディルのことを大いに誤解している。

そしてその原因の一端は……クラヴィスにないとも言えないのだ。

もしもクラヴィスが煽《あお》り半分でグレンディルを挑発しなければ、その結果エフィニアがグレンディルの照れ隠しの発言を聞かなければ、今頃二人は運命の番としてうまくいっていたのかもしれない。

クラヴィスも小指の爪の先くらいは、申し訳なさを感じていた。

グレンディルがエフィニアに土下座して謝るというのなら、ついでに土下座してやるくらいの心づもりはあったのである。

「……今更、どの面下げて会いに行けと？」

だが、そう呟《つぶや》いたグレンディルの声は沈んでいた。

散々「幼女趣味の変態野郎」のような目で見られ、番にも見放された竜の哀れな姿だった。

「でもさぁ、このままにしてたらどんどん事態は悪化するだけだぞ。お前はそれでいいのかよ」

「……エフィニア姫は金輪際関わるなと言ったんだ。どうして俺が会いに行ける」

「そんなこと言って、ビビってたら本当に手遅れになるぞ。女の子相手には時には強引にいくのも大事なんだって」

クラヴィスは何とか説得を試みたが、グレンディルは頑として動かなかった。

大陸最強と恐れられる常勝皇帝も、番相手には随分と臆病になってしまうようだ。

「じゃあ、ずっとこのままでいいのかよ」

「…………」

「お前偵察得意だろ。バレないようにちらっと様子くらい見て来いよ。エフィニア姫だって慣れない後宮で苦労してるかもしれないだろ」

その言葉に、皇帝グレンディルの眉がぴくりと動いた。

やはり、なんだかんだ言ってもエフィニアのことが気になって仕方がないようだ。

「まぁ、一度くらい後宮の様子を確認するのもいいかもしれない」と言い訳がましく口にする皇帝を尻目に、クラヴィスはため息をついた。

◇◇◇

（よし、まずは情報収集よ！）

最初に誰が敵なのかを、それにこの後宮という場所をもっと知っておいた方がいいだろう。

意を決して、エフィニアは軽く後宮内の散歩と偵察に出ることにした。

エフィニアに与えられた邸宅を離れ、少し歩くと……他の妃たちの居住していると思わしき建物が見えてくる。

この辺りまで来ると多くの女官や侍女とすれ違うようになってくる。

庭園にはのんびりお茶会を楽しむ妃の姿も見えた。

（竜族だけじゃなく、獣人族《じゅうじん》に人魚族《にんぎょ》に妖鳥族《ようちょう》まで……本当にあちこちから妃を集めているのね）

竜族と大陸の覇権《はけん》を争った獣人族、海中に独自の文明を築く人魚族、神秘的な歌声を持つ妖鳥族……。

ずっと妖精族の国で暮らしていたエフィニアは知識としてしか知らなかったが、この大陸には数多の種族が暮らしている。

どうやら皇帝グレンディルは宝石箱に多種多様な宝石をコレクションするかのごとく、大陸中から多くの種族の妃を集めているようだ。

……自分も、その中の一つなのだろうか。

いや、あの「あんな子どももみたいなのが俺の番だとは心外だ」などとのたまう皇帝のことだ。

エフィニアのことなど、宝石ではなくたまたま転がり込んできた石ころくらいにしか認識していないに決まっている。

そんなことを考え、少しむかむかしながら歩いていると、エフィニアの耳に甲高い声が飛び込んでくる。

「本当にどうしようもないわね！」

「この役立たず‼」

「その長い耳は何のためについてんのよ‼」

「う、うぅ……」

どうやら何人かが、一人に罵声を浴びせているようだ。

繰り返す罵倒の声と、怯えたようなすすり泣きに、エフィニアは眉をひそめた。

（まったく、何があったか知らないけど、側室に聞かれるかもしれない場所で揉《も》め事《ごと》なんて……本当にこの後宮は躾《しつけ》がなっていないわ）

運が良ければあの女官長の怠慢事項の一つになるかもしれない。

何か弱みを握る手掛かりになれば……と、エフィニアはこっそり声の方へと足を進めた。

荘厳な建物の陰、人目に付かない場所で……何人かの獣人族の侍女が、座り込む一人の侍女へ怒鳴っていた。

「役立たずのバカウサギ。今度こそはレオノール様もほとほと愛想を尽かされたようね。……今日限りであんたはクビよ！」

「そんな、待ってください！　私の仕送りがないと、弟や妹が困って――」

「そんなの知るわけないじゃない。あーあ、これだから草食系は嫌なのよ。何かあればすぐぶるぶる震えてシクシク泣いて……それで何とかなると思ってんの？　世の中甘く見すぎじゃない？」

キャハハハハ！　……という甲高い笑い声に、エフィニアは静かに一歩足を踏み出した。

集団で一人を攻撃するようなやり方は、どうにも癪《しゃく》に障るのだ。

途端に足音に気づいた彼女たちが振り返ったので、エフィニアはにっこりと愛らしい笑顔を作って見せる。

「御機嫌よう、皆さま。大きな声が聞こえたので来てみたのだけど……いったいどうしたのかしら？」

「……は？　なによあんた。なんでこんな子どもが後宮をうろうろしてんの？」

頭上に犬のような耳の生えた獣人族の侍女が、不快そうにエフィニアを見下ろす。

そんな彼女に微笑《ほほえ》みかけ、エフィニアは丁寧に礼をして見せた。

「あら、わたくしとしたことが……申し遅れましたわ。フィレンツィア王国第三王女、エフィニアと申します。この後宮に来て日が浅いので、至らぬところもあるかとは思いますが……どうぞよろしくね」

エフィニアが名乗ると、獣人侍女は「だから何？」とでも言いたげに顔をしかめた。

だがすぐに、隣にいた取り巻きの侍女が慌てたように囁《ささや》く。

「っ、まずいですよ！　フィレンツィアの王女って言ったら、ほらあの……噂《うわさ》の皇帝陛下の運命の番ですよ！」

「なっ、こんな子どもが⁉」

「とにかく、レオノール様に報告しなくては‼」

わちゃわちゃと騒いでいたかと思うと、獣人侍女たちはおざなりに礼をして慌てたようにその場から去っていった。

残されたのは、エフィニアと……虐《いじ》められていた侍女だけだ。

(「噂の皇帝陛下の運命の番」ねぇ……。まぁいいわ。今はとにかくこの子を何とかしないと)

取り残された侍女はぶるぶると頭上のウサギ耳を震わせながら、怯えた表情でエフィニアを見つめている。

耳も髪の毛も雪のように真っ白な少女だ。年のころは十代半ばといったところか。

どうやら彼女にとって「側室」はとんでもなく恐るべき存在であるようだ。

エフィニアはそんな彼女に近づき、安心させるように笑いかけ、手を差し伸べた。

「ほら、もう彼女たちは行ってしまったから大丈夫よ。……あなたには少し休息が必要なようね。たいしたおもてなしはできないけれど、一度私の屋敷にいらっしゃいな」

ウサギ耳の獣人侍女は驚いたように目を見開いた後……小さく頷《うなず》いた。

そんな彼女に優しく微笑みかけ……内心でエフィニアは盛大に大笑いをしていた。

(よし！　これで色々と後宮の情報が聞き出せるかもしれないわ!!　ちょうどよかった！)

傍目《はため》には虐められた侍女を助ける心優しい姫君のように見えたのかもしれない。

だがその裏で、エフィニアの行動はとんでもなく打算に満ちたものだったのだ。

◇◇◇

「少しは落ち着いたかしら？」

「も、申し訳ございません、エフィニア様のお手を煩わせるなんて……」

エフィニアはウサギ耳獣人侍女を屋敷に連れて帰り、リラックス作用のあるお茶を飲ませた。

すると彼女は、やっと今の状況に気づいたのかぺこぺこと平伏《ひれふ》し始める。

「別に構わないわ。それよりも、どうしてあんなことになっていたのか教えてもらえる？」

「は、はいっ！」

頭上のウサギ耳がぴょこん、と跳ねたかと思うと、少女は慌てたように口を開いた。

「あの、私……獣人族のイオネラと申します。この後宮の側室の一人、レオノール様の侍女として働いておりました。……解雇、されましたけど」

解雇された事実を思い出したのか、イオネラの表情が暗くなる。

そんな彼女に、エフィニアは声を掛けた。

「解雇に関する正式な書類は受け取ったの？　事前通告は？」

「私、いつも失敗ばかりで……次に何か失敗したら解雇するとレオノール様がおっしゃって、女官長ももう私が働ける場所はないと、笑っていて……うう、それで何とか頑張ったんですけど、失敗してしまって、それで……」

イオネラはつらつらと自らの身の上を話してくれた。

彼女の生まれは獣人族の国――グラスランドだが、弟や妹がたくさんいる彼女はこの後宮に出稼ぎに来ているようだ。

ウサギの獣人は獣人族の中でも下に見られることが多く、侍女として働き始めた後も同僚から嫌がらせをされたり、主であるレオノールからも解雇をちらつかされ酷使されていたのだとか。

「……なるほど」

なんとなく、状況は分かった。

彼女への解雇通知が法にのっとった手続きを踏んでなされているのか、一度確認した方がいいだろう。

何か手続きに不備があれば、女官長の弱みを握れるかもしれない。

そんなことを考えながら、またメソメソしてしまったイオネラに茶を注ごうとすると、彼女は慌てたようにエフィニアの行動を制止した。

「いけません、エフィニア様！　お妃様であらせられるエフィニア様が自ら給仕をするなんて！」

「別に気にしないわ。いつも自分でやってるもの」

「……え？　ではエフィニア様の侍女の方は？」

「…………いないけど」

「え⁉」

イオネラが驚いたように目を見開き、エフィニアは首をかしげる。

「何の準備をする間もなく後宮に入ることになったの。だからいないのよ」

「でも、どのお妃様の元にも最低一人は侍女がつくことになっているのに……」

「……なにそれ、初めて聞いたわ！」

イオネラがもたらした情報に、エフィニアは思わず机を殴りたい思いでいっぱいになった。

……もちろん、誇り高き王女として心の中で殴っておくに押しとどめたが。

(どうりでおかしいと思ったわ！　何も知らずに後宮に入った側室に、一人の侍女もつけないなんて‼)

無法地帯と思われたこの後宮にも、最低限の決まり事はあるようだ。

だがその決まり事を、あの女官長は破った。

これはすぐにでも問いただしてやらねばならないだろう。

決まり事であれば、あの女官長であってもエフィニアに侍女をつけざるを得ないはずだ。

これで自給自足以外の食事……もしかしたら先ほど通りがかりにお茶会をしていた妃たちが食していたような、お菓子も食べられるようになるかもしれない。

(いえ、でも……あの女官長のことよ。私が侍女をよこせなんて言ったら、とんでもない性悪スパイを送り込んでくる可能性もあるわ)

屋敷の中を敵がうろうろし、エフィニアの行動を逐一報告される……それもまた避けたい状況だ。

さてどうするか……と頭を悩ませるエフィニアを、イオネラはオロオロしたような表情で見守っていた。

不意に、そんな彼女とエフィニアの視線が合う。

その瞬間、エフィニアの頭の中にある考えが浮かんだ。

「……ねぇあなた、確か側室のレオノール様の所をクビになったって言ったわね？」

「は、はい……」

「女官長には他に配属するところはないと言われたのよね？」

「その通りです……」

「じゃあ……他にあなたの受け入れ先があれば、この後宮で働き続けることができるのよね？」

おそるおそる頷いたイオネラに、エフィニアはにっこり笑って見せた。

◇◇◇

「御機嫌よう、女官長。少しお話をよろしいかしら」

イオネラを伴い、エフィニアは女官の詰所を訪れた。

対応した女官長は、苦虫《にがむし》を嚙《か》みつぶしたような表情でエフィニアを出迎える。

エフィニアはニコニコと愛らしい笑みを絶やさないようにして、何でもないことのように口を開く。

「本日はお願いがあって参りましたの。……わたくしの、侍女のことよ」

そう告げると、女官長があからさまに動揺したのがわかった。

どうやらエフィニアが自分に侍女が付けられていないことに気づき、しかもこのように突撃してくるなど想定外だったようだ。

そんな彼女の反応に胸がすくような思いを感じながら、エフィニアはにっこり笑って切り出した。

「女官長、あなたの采配《さいはい》を疑うつもりは無いのだけれど……わたくしの侍女の選定に、少し時間がかかりすぎているでしょう？　後宮の外へ相談しようかとも思ったのだけど、これ以上忙しいあなたの手を煩《わずら》わせるのも忍びないわ。だから……わたくしの方で、良い方を見繕わせていただいたの。この方をわたくしの侍女にしていただけないかしら」
・お前が後宮のルールに反してわざと侍女をつけなかったのはわかっている
・私の決定を受け入れないのならお前の所業《しょぎょう》を後宮の外へばらす
そう含みを持たせて、エフィニアは花が咲くように微笑んだ。

途端に、女官長はヒッと息を飲む。

「レオノール様の所にお仕えしていたイオネラという方よ。レオノール様はよくしてくださったそうだけど、周りの侍女の方と反《そ》りが合わなかったみたいで……是非、わたくしの侍女になっていただきたいの」

イオネラは頼りになるとは言い難《がた》いが、少なくとも女官長や他の側室の手先でないのは確かだ。下手にスパイに潜り込まれる余地を残すよりも、イオネラを侍女とし地道に情報を集めた方がいいだろう。

挑戦的に微笑むエフィニアに、威勢を取り戻した女官長はコホンと咳払《せきばら》いをして告げる。

「しかしながらエフィニア様。その者は大変な粗忽者《そこつもの》で、とても高貴な姫君にお仕えするに足りる者ではないとレオノール様より伺っております。わたくしがもっと優秀な者を――」

「その必要はないわ」

バシッと女官長の言葉を遮《さえぎ》ると、彼女は鳩《はと》が豆鉄砲を食ったような表情になった。

そんな彼女にくすりと笑い、エフィニアは余裕たっぷりに告げる。

「イオネラはまだ若いのよ。たまには失敗することだってあるでしょう。少し私の屋敷でお話をしたのだけれど、とても感じがよく気の利く方だったわ。今すぐにでもわたくしの侍女として一緒に来て欲しいの」

こちらは譲るつもりは無い、と目線で訴えかけると、女官長のこめかみがぴくぴくと動いた。

双方が黙ったまま数秒が経《た》ち、先に折れたのは……女官長の方だ。

「……承知いたしました。本日よりイオネラを、エフィニア様付きの侍女として配属いたします」

「まぁ、嬉しいわ！　さすがは仕事の速い女官長ね!!」

嫌味たっぷりにそう言うと、エフィニアはイオネラを引き連れてその場を後にした。

何はともあれ、侍女をつけることが出来たのだ。

エフィニアの快適な後宮ライフも、更なる向上が望めることだろう。

「まぁ、そういうわけだから今日からよろし……えっ!?」

与えられた屋敷まで戻ってきたところで、今まで黙っていたイオネラが急に地面にひれ伏した。

驚くエフィニアに、彼女は涙交じりの声を絞り出す。

「本当に、何から何まで……感謝いたします、エフィニア様！　うぅ、エフィニア様がいなかったら今頃どうなっていたことか……エフィニア様は私の命の恩人です！　慈悲の心溢《あふ》れる女神さまです!!」

そんな大げさな……と思いつつも、エフィニアはしゃがみ込んでイオネラに手を差し出す。

「感謝は言葉よりも態度で示してちょうだい。……期待しているわ、イオネラ」

「はいっ！」

イオネラはウサギ獣人らしいしなやかな動きで立ち上がると、エフィニアのためにてきぱきと屋敷の扉を開けてくれた。

どうやら彼女は、エフィニアの打算的な行動を純粋な善意からだと思い込んでいるようだ。

（まぁ……何も否定することもないわよね）

言わぬが花、という言葉もある。

何も純真な少女の心を打ち砕くこともないだろうと、エフィニアは黙って心優しい姫君の振りをすることにした。

それに、あんな風にキラキラ輝く尊敬のまなざしで見つめられるのは……中々に気分がいいのだ。

◇◇◇

イオネラが侍女として働くようになって、エフィニアの生活は向上した。

侍女の仕事としてきちんと食事を運んできてくれるし、食材だけを貰《もら》ってきて二人で料理をすることもある。

「エフィニア様、今日のデザートは杏仁豆腐《あんにんどうふ》ですよ～」

「わぁ！」

何よりエフィニアを喜ばせたのは、日々のデザートだ。

さすがは大陸中から多種多様な姫君が集う後宮というだけあって、故郷ではお目にかかったことのないような、珍しいスイーツが楽しめるのである。

そしてこのスイーツに引き寄せられてくるのは、エフィニアだけではないのであった。

『ムムーッ！』

『ぷぎゅー！』

甘い匂いに釣られたのか、屋敷内で掃除やもの作りを頑張っていた精霊たちがわらわらと寄って来た。

まさかこの状況で独り占めすることもできず、エフィニアは苦笑しながらわけてやる。

「はいはい、みんなでいただきますか」

『きゅ～!!』

美味《おい》しそうに杏仁豆腐に食らいつく精霊たちを眺めながら、エフィニアはくすりと笑った。

(結局私が食べられたのは一口だけ……今度イオネラと一緒にレシピを調べて、大量に作ってみようかしら)

後宮内には自由に開かれた書庫もあるそうだ。

世界各国のレシピ本が置いてあるかどうか、見に行くのもいいかもしれない。

そんなことを考えながら、畑の世話のためにエントランスから外に出た途端……エフィニアは異質な視線を感じた。

（っ、誰⁉）

いつも偵察に来る者ではない。

まるでエフィニアを射抜くような、強い視線だった。

エフィニアはとっさに周囲を見回し、そして……視線の主と目が合った。

「子どもの……ドラゴン？」

屋敷の傍らの木の枝に、エフィニアが両手で抱えられそうなほど小さなドラゴンが、ちょこんと鎮座《ちんざ》していたのだ。

まさかの視線の主に、エフィニアは驚いてまじまじと見つめてしまう。

（ドラゴンは恐ろしい生き物だって聞いていたけど……かっ、かわいい……！）

真っ黒な体軀《たいく》に、つぶらな金色の瞳。きょとんと小首を傾《かし》げる様は、まるで小動物の子どものように愛らしい。

エフィニアはこう見えて愛らしい生き物には弱い。

今も一目見て、小さな竜の子どもに心奪われてしまった。

「どこかから迷い込んだのかしら……？　おいでー、怖くないよー」

おそるおそるそう声を掛け手を伸ばすと、幼竜《ようりゅう》は少し迷ったようだが、やがておずおずとエフィニアの方へと近づいてきた。

ゆっくりと、本当にゆっくりと二人の距離が近づいて……ついに幼竜はパタパタと翼を震わせ、枝の上から飛び立つ。

　おそるおそる降りてくる幼竜を、エフィニアはしっかりと腕の中へと抱き留めた。

「かわいい、あったかい……」

　ドラゴンの子どもを抱っこするのは初めてだが、その独特の愛らしさにエフィニアはすっかり夢中になってしまった。

「うちにおやつがあるの。一緒に食べる？」

「……きゅう」

「ふふ、じゃあ行きましょう！」

　くるくると喉を鳴らす幼竜を抱いたまま、エフィニアは上機嫌で屋敷の中へと舞い戻った。

「わぁ、ドラゴンの子どもですか～。迷子ですかねぇ」

「皇宮ではドラゴンを育てているの？」

「えぇ、竜騎士団っていう大陸最強と名高い騎士団があって、選りすぐりの竜を卵から育てているそうですよ」

「じゃあ、そこから迷い込んだのかしら……」

　自力で帰ることができないなら、送り届けてやる必要があるかもしれない。

　そんなことを考えながら、エフィニアはイオネラと共に竜のためにおやつを用意していく。

「ほら、リンゴのタルトよ！　私が作ったの。食べられるかしら？」

「きゅーう」

幼竜は皿に載せられたリンゴのタルトを見て、不思議そうに首を傾げた。

食べ方がわからないのだろうか、とエフィニアはタルトを切り分け、幼竜の口へと運んでやる。

「はい、あーん」

「……くるるぅ」

幼竜はしばしの間、戸惑うようなそぶりをみせたが、やがて意を決したようにぱくりと食いついた。

もしゃもしゃと小さな口を動かす愛らしい様子に、エフィニアはすっかりメロメロになっていた。

「ふふっ、リスみたいで可愛《かわい》い！　ドラゴンの子どもってこんなに可愛かったのね！　知らなかったわ……」

「ドラゴンは気難しい生き物で、自分が認めた相手以外には滅多に懐かないと聞いていましたが……さすがはエフィニア様！　すぐに手懐《てなず》けてしまうなんて!!」

イオネラの賛辞を背に受けながら、エフィニアは上機嫌で幼竜に手ずからリンゴのタルトを食べさせてやった。

「いい子いい子。たくさん食べて大きくなってね」

よしよしと頭を撫《な》でると、幼竜は驚いたように金色の目をぱちくりと瞬《またた》かせた。

怒るかしら……とエフィニアは慌てかけたが、すぐに幼竜が気持ちよさそうにすり寄って来たのでほっとした。

それにしても、随分と人懐っこい竜だ。

小動物のような愛くるしさに、エフィニアの口元はついついにやけてしまう。

「食べ終わったら外を散歩しましょう？　今朝綺麗な花が咲いたのよ」

「…………きゅーう」

こくり、と小さく頷いた幼竜の頭を、エフィニアは嬉しくなって何度も撫でるのだった。

おやつを食べて、庭を散歩して、精霊たちと一緒に遊んで……気づけば、空が茜色《あかねいろ》に染まりかけていた。

すると、幼竜は驚いたように飛び上がり、エフィニアに向かって何かを訴えるようにしきりに鳴き出した。

「きゅう！　きゅーう!!」

「えっ、どうしたの？　もしかして……もう帰る時間？」

「くるるぅ!!」

エフィニアの周りをグルグルと何度か旋回したかと思うと、幼竜は高く空へと舞い上がりどこかへ飛んで行ってしまった。

エフィニアは名残惜しく思いながら、その背を見送る。

「……行っちゃった」

共に過ごしたのはほんの少しの時間だったが、まるで胸にぽっかり穴が空いたかのような寂しさが押し寄せる。

そんなエフィニアを気遣うように、イオネラがそっと声を掛けてきた。

「きっと、また来てくれますよ。あの子、頭がよさそうだし、とってもエフィニア様に懐いてましたから」

「……そうね。また会えたら嬉しいわ」

幼竜が去っていった空を眺めながら、エフィニアは後ろ髪引かれる思いでその場を後にした。

◇◇◇

一方後宮を後にした幼竜は、目的地に向かって悠々と空を飛んでいた。

竜騎士団の厩舎《きゅうしゃ》を飛び越え、目指すのは……皇宮の奥の奥、皇帝の住まう場所だ。

幾重にも張り巡らされた結界を難なく越え、開かれた窓から部屋の中へと入りこむ。

幼竜は豪奢《ごうしゃ》な絨毯《じゅうたん》の上にそっと降り立ち、静かに翼を休める。

その途端幼竜の姿が揺らぎ、次の瞬間その場所に立っていたのは……一人の竜族の青年だった。

幼竜の鱗《うろこ》と同じ漆黒の髪に、金色の瞳――変化《へんげ》を解いた皇帝グレンディルは、静かに息を吐いた。

(あれが、エフィニア王女……)

側近クラヴィスのアドバイスを受け、グレンディルは幼竜に化け後宮までエフィニアの様子を見に行っていた。

ほんの少しだけ、彼女の暮らしぶりが確認できればそれでよかった。

それなのに、気が付いたら……抱っこされ、なでなでされ、あ～んされ……とんでもない歓待を受けてしまっていたのだ！

（これが運命の番の力……なんて恐ろしいっ……！）

誰もに恐れられる冷血皇帝と名高いグレンディルが、まるで愛玩動物のように可愛がられ、今でも彼女の元に戻りたくてたまらないとは……。

──「かわいい、あったかい……」

──「はい、あーん」

──「いい子いい子。たくさん食べて大きくなってね」

初めて相まみえた時の王族たるにふさわしい凛《りん》とした態度とも、グレンディルに拒絶を突きつけた時の刺々《とげとげ》しい態度とも違う。

ただ優しくあたたかいエフィニアに、グレンディルの本能はグラグラと揺さぶられていた。

……誰かに、あんな風に頭を撫でられたのは初めてだったのかもしれない。

グレンディルは生まれた時から、皇帝たるにふさわしい強さを身につけろと厳しく育てられてきた。

そうでなくては生き残れなかった。弱さを見せることも、甘えることも禁じていた。そうやって、生きてきたのだ。

だからあんな、無防備に甘やかされるような扱いをされると……まるで魂を鷲摑《わしづか》みにされたかのように、エフィニアのことしか考えられなくなってしまう。

（……また、彼女に会いに行こう）

後宮から飛び去ろうとした時の、少し切なげなエフィニアの表情が蘇《よみがえ》る。

また幼竜の姿で会いに行けば、彼女は喜んでくれるだろうか。

それに、できることなら……「皇帝グレンディル」としてもエフィニアに近づきたい。

金輪際構うなと言い放った彼女だが、いったいどうすれば距離を縮められるだろうか……。

今のグレンディルを他人が見れば、「次はどの国を攻め落とそうかと考えているに違いない！」

と誤解されるほどに冷たい表情を浮かべていた。

だがその実、若き皇帝は竜族にはありがちな悩み……「番との関係」に振り回されていたのだ。

3　竜皇陛下、やらかす

「……今日も来ないのかしら」

いつものように畑に水をやりながら、エフィニアは青く晴れ渡った空を見上げた。

数日前、エフィニアの屋敷《やしき》に迷い込んだ黒い幼竜。

あの愛らしい竜が再びやって来ないかと待ちわびているのだが、いっこうにその気配はない。

（……そうよ。あの日はたまたま迷っていただけで、あの子だってあの子の生活があるはずよね）

もしかしたらもう、エフィニアのことなど忘れているのかもしれない。

そう考え、少し沈んだ気分でため息をついた時……道の向こうから何人もの女官がやって来るのが見えた。

「……何かしら」

先頭にいるのは、あのエフィニアのことを嫌っている女官長だ。

また何か文句をつけにきたのだろうか。

売られた喧嘩《けんか》は買ってやるわ……と、侍女のイオネラを伴ってエフィニアは胸を張り、やって来た女官軍団を待ち受ける。

「あらあら皆さまお揃《そろ》いで、どういたしましたの？」

にっこり笑って出迎えると、苦々しい表情の女官はどこか悔しそうに口を開く。

「グレンディル皇帝陛下より、エフィニア様への封書をお預かりしております」

「…………え？」

思わぬ言葉に、エフィニアは不覚にも間抜けな声を上げてしまった。

……皇帝からの文だと⁉

あの、「あんな子どもなんかに興味ない」みたいなことを言い放った皇帝から⁉

今更、いったい何をエフィニアに伝えることがあるのか！！？

エフィニアは動揺を抑え、にっこり笑って封書を受け取る。

「まぁ、わざわざありがとう。この封書は、この場で確認した方が良《い》いのかしら？」

「そうしていただけますでしょうか。皇帝陛下にエフィニア様のお返事を届けなければなりませんので」

どうやら封書の内容は、エフィニアの返事が必要になるようなものらしい。

しかし女官の様子を見る限り、皇帝がエフィニアにこの封書を送ったのがとにかく不服であるようだ。

時折こめかみがぴくぴくと動き、平静を装った表情からは憤りがにじみ出ている。

（いったい、何なのかしら……）

訝《いぶか》しく思いながらも、エフィニアは封を開く。

中に記されていたのは、意外にシンプルな食事の誘いだった。

……食事の誘い⁉

（はあぁぁぁぁ⁉　どういうこと！！？）

……と叫び出したいのを堪え、エフィニアは静かに微笑《ほほえ》んで見せる。

何故《なぜ》皇帝が、今更エフィニアに会おうとしているのかはわからない。

ただ一つ、確かなのは……エフィニアと皇帝が会うことは、目の前の女官長にとって不服であるということだ。

「……まぁ、皇帝陛下からのお誘いだわ！『喜んでご一緒いたします』と、お伝えいただけるかしら」

まさに妖精姫とも言うべき愛らしい微笑みを浮かべ、エフィニアはそう口にした。

別に皇帝に会いたいわけじゃない。だが、何故「もう関わるな」と釘《くぎ》を刺したエフィニアに会おうとしているのかは知っておきたい。

それに……目の前の女官長が歯ぎしりしそうなほど悔しそうな顔をするのは、かなり気分が良いのだ。

◇◇◇

「すすす、すごいことですよエフィニア様！　まさかあの皇帝陛下が後宮の側室の方に興味を示すなんて！」

「えっ、皇帝って後宮に入り浸ってるんじゃないの？」

「いいえ、グレンディル皇帝陛下の治世《ちせい》が始まってから、この後宮に足を踏み入れたのは一度だけ。その時も、すぐにお帰りになったと伺っております」

「なによそれ！　後宮の維持費の無駄遣いじゃない!!」

エフィニアはてっきり、皇帝グレンディルがこの後宮で酒池肉林《しゅちにくりん》の享楽に耽《ふけ》っているものだとばかり思っていた。

だがイオネラによれば、彼は後宮の姫君たちには興味を示さず、この場所を訪れることもないのだという。

「まったく……じゃあ何のために後宮があるのよ。ふざけるにもほどがあるわ」

ぷんぷん怒るエフィニアの身支度を進めながら、イオネラは苦笑する。

「皇帝陛下はこの後宮に興味を示されません。ですが、皇后の座を狙う妃《きさき》同士の争いは日々激化しています」

「はぁ……ご苦労なことね」

「他人事《ひとごと》ではありませんよ、エフィニア様。皇帝陛下がエフィニア様に興味を示されたということは、エフィニア様が皇后争いで一歩リードしたってことなんですから」

「え」

まったくそんなつもりはなかったエフィニアは、純粋に驚いてしまった。

（私が、皇后……？）

駄目だ、まったく想像できない。

エフィニアは今まで皇后の座を狙ったことなど一度もなかったし、後宮に入ってからも、せめて自分の望むように過ごしたいと、思うがままに動いていただけだ。

それが、勝手に皇后争いに参加させられていたとは……。

「まったく、いい迷惑よ」

何はともあれ、皇帝グレンディルの真意は確認しておいた方がいいだろう。

エフィニアは皇后になるつもりなど毛頭ない。

そんな面倒な役柄など、謹んでお断り申し上げる所存なのである。

◇◇◇

皇帝に食事に誘われた約束の日、エフィニアを迎えにやって来たのは、皇宮からの立派な馬車だった。

そうしてエフィニアは、実に後宮に足を踏み入れた日以来初めて、外の世界へ出たのだった。

案内された荘厳な皇宮の一室にて、エフィニアは待っていた皇帝グレンディルと対峙《たいじ》する。

「久しいな、エフィニア王女。後宮での生活はいかがだろうか」

「お心遣いいただき痛み入ります、皇帝陛下。万事、つつがなく過ごしておりますわ」

身一つであんなところへ入れられて、何をいまさらしゃあしゃあと……という思いを堪え、エフィニアは優雅にお辞儀をして見せた。

（後宮での生活はどうか、ですって？　家はボロボロだし食べ物は出ないし世話役の侍女もつけてもらえませんでしたけど？？　それが何か？？？）

初めて会った時は畏怖の念を覚えた皇帝も、散々な目に遭った今では無駄に偉そうなだけに見えてしまう。

愛らしい笑顔を顔に張りつけながらも、エフィニアは今までの怒りをぶつけたいような思いでいっぱいだった。

いったいこの皇帝は何を考えているのだろうか。

不信感をあらわにしないように気を付けながら、エフィニアは皇帝と形だけの挨拶を交わす。

（それにしても……やっぱり「運命の番《つがい》」なんて感じはしないわね。皇帝陛下も平気そうだし、そもそも彼にとって私は「あんな子ども」扱いだし……）

初めて会った時、彼はいきなりエフィニアの首筋に噛《か》みついてきた。

他の者に話を聞く限り、おそらくそれは初めて番に出会ったゆえの本能的な行動……であるらしいのだが、それ以来彼はまったく「運命の番」であるエフィニアに接触しようとはしなかった。

今日もこうして会えばまた噛みつかれるのではないか、と危惧していたが、いらぬ心配だったようだ。

いきなり襲い掛かられるのも勘弁だが、ここまで平然とされるとそれもまた腹が立つ。

だったら何故呼び出したのか、とまたムカムカして、エフィニアは無意識にヒールでカツンと床を打った。

「こちらへどうぞ、エフィニア姫」

侍従がエフィニアを席に案内し、椅子を引く。

大人しく席に着こうとしたエフィニアだが……そこで問題は起こった。

（…………高いわ。なにこれ、嫌がらせ？？）

用意された席は、エフィニアの身長に対して明らかに高すぎたのだ。

体格のいい竜族用としては標準サイズなのかもしれないが、小柄なエフィニアからすればよじ登らなければならない高さである。

だがまさか、妖精族の王女で皇帝の側室たるエフィニアが、衆人環視《しゅうじんかんし》の前でそんなみっともない真似《まね》が出来るはずがない。

ジトッとした目線で近くにいた侍従に訴えかけると、彼はすぐに気が付いたようだった。

「も、申し訳ございませんエフィニア王女……！　お手をどうぞ」

どうやら彼がエフィニアを支え、椅子に座らせてくれるようだ。

多少不格好にはなるだろうが、子どものように椅子によじ登るよりはマシだろう。

そう自分を慰めて、エフィニアは侍従の手を取ろうとした。

その時だった。

「……おい、何をしている」

「ヒィッ！」

背後から地を這《は》うような低い声が聞こえたかと思うと、エフィニアの目の前の侍従は慌てたように差し出した手を引っ込めたのだ。

一体何かしら……と反射的に振り向き、エフィニアは固まった。

エフィニアのすぐ背後にいたのは、エフィニアをこの場に招いた張本人——皇帝グレンディルだったのだ。

皇帝グレンディルはぎらついた金色の瞳で、エフィニアに手を差し出そうとした侍従を睨《にら》みつけている。

その金色の瞳はまるで蛇……いや、竜のようだった。

射抜かれればまともに息もできないだろうというほどの、威圧と覇気を纏《まと》っているのだ。

睨まれているのは自分ではないとわかりつつも、エフィニアは思わず身震いしてしまう。

「エ、エフィニア王女が席に着くのに難儀《なんぎ》されていたので、お支えしようとしただけでぇ！」

侍従の男とて獰猛《どうもう》な竜族であるはずだ。

だが、彼はまるで蛇に睨まれた蛙《かえる》のように怯《おび》えながら、ひっくり返った声で状況を説明している。

その言葉を受けて、グレンディルの視線がエフィニアの方へ向けられる。

エフィニアは思わずびくりと身を跳ねさせてしまった。

「……ほぉ、そういうことか」

ぼそりと呟《つぶや》いたかと思うと、グレンディルはぬっとエフィニアの方へ手を伸ばしてきた。

まるで捕食《ほしょく》されるかのような本能的な恐怖に、エフィニアはぎゅっと目を閉じる。

そして、次の瞬間——。

「ひゃあ！」

気が付けばエフィニアの体は、宙に浮いていた。

グレンディルが背後から両手でエフィニアの腰を摑《つか》むようにして、持ち上げたのだ。

そのまま彼はエフィニアを椅子まで運び、すとんと降ろして腰掛けさせる。

「次からはもっと小さな物を用意させよう」

それだけ言うと、グレンディルは何事もなかったかのように向かいの席に着いた。

数秒して、やっと状況を把握したエフィニアは……猛烈な怒りと恥ずかしさに襲われた。

（ななな、何よ今のは……！　支えるにしても、他にやり方があるでしょ！！？）

今のはどう考えても、淑女に対する扱いではなかった。

まるで小さな子ども……いや、むしろ犬猫に対するような持ち上げ方ではなかったか⁉

そう考えた途端、エフィニアの頰にかっと熱が集まる。

（子どもみたいな私は淑女扱いする必要はないって？　フィレンツィアの王女たる私が、犬猫と同じような扱いでいいって言いたいの⁉　ひどい侮辱だわ‼）

ポコポコと怒りのオーラをまき散らすエフィニアに、周囲に控える者たちは戦々恐々と状況を見守る。

ただ一人、グレンディルだけはこの場の空気に不思議そうに眉をひそめた。

「宮廷料理人が趣向を凝らして作り出した料理だ、姫の口に合うといいのだが」

「…………それはどうも」

念願の帝国グルメも、怒りの感情が渦巻いているせいで味がよくわからない。

グレンディルがぽつぽつと話しかけてくるが、先ほどの恥辱が頭から離れず、エフィニアはついつい塩対応をしてしまう。

場の空気はだんだんと凍っていき、どう見ても「運命の番同士の和やかな食事会」とはいえない、緊迫したものに変わっていった。

それに伴いグレンディルの機嫌も急降下していき、慌てた侍従の計らいによって物凄《ものすご》いスピードでコース料理は進み、あっという間にデザートが運ばれてくる。

ひんやりと冷たく甘いジェラートは、普段ならばたいそうエフィニアを喜ばせただろう。

だが、今のエフィニアはとてもじゃないが、のんびりデザートに舌鼓を打つような気分にはなれなかった。

通常の三倍ほどの速さでデザートを食したエフィニアは、ツンとそっけなく口を開く。

「皇帝陛下、この度はお招きにあずかり大変光栄でございました。それでは、お食事も済んだようなので失礼いたしますわ」

するりと高すぎる椅子から滑り降り、取り澄ました顔でお辞儀をすると、エフィニアは後ろを振り向かずにずんずんとその場を後にした。

皇帝グレンディルがじっとエフィニアの背中を見つめているのには、気づかずに。

◇◇◇

「…………何がいけなかったんだ？」

「お前の今までの態度と、極めつけはエフィニア王女を椅子に乗せた時のアレだな。逆に何で行けると思ったんだ？」

運命の番――エフィニアとの食事会の後、皇帝グレンディルは静かに落ち込んでいた。

グレンディルはもっとエフィニアに近づきたかった。

彼女が己の運命の番だからだろうか。いや……むしろ今はそんな本能的な欲求よりも、こっそり後宮に忍び込んだ時のように、優しく微笑んで欲しいと願っているのだ。

だから食事会の名目で彼女に会い、少しでも親しくなれたら……と目論《もくろ》んでいたのだが、控えめにいっても大失敗に終わってしまったのだ。

しかし落ち込む時も無表情なので、事情を知らない側近には「また何か恐ろしいことを考えているに違いない……！」と怯えられる始末。

かくして怯える部下たちには遠巻きにされ、現在冷血皇帝の執務室にいるのは物好きな側近――クラヴィスのみ。

クラヴィスは無表情で落ち込む皇帝を、どこか面白おかしそうに眺めていた。

「いくら何でもあの持ち方はないだろ。いきなりあんなことされたらキレるかビビるかして当然だっての」

「……後宮で会った時のエフィニア姫は、とても穏やかに笑っていた。だから、少しは距離を詰められたかと思ったんだが――」

「あのなぁ……エフィニア王女が世話を焼いたのはお前じゃなくて、ちっこいドラゴンなんだって。彼女はお前があのドラゴンだってことに気づいてないんだから」

「そうだったのか……！」

その事実は、グレンディルにとってまさに青天《せいてん》の霹靂《へきれき》だった。

グレンディルにとっては、皇帝の姿も幼竜の姿もどちらも自分であることに変わりはない。

だがエフィニアにとっては、「皇帝グレンディル」と「迷子の幼竜」はまったく別の存在なのだ。

うっかりそこを失念して「後宮であんなに親しくなれたのだから、喜んで食事にも来てくれるだろう」と考えていたグレンディルは啞然《あぜん》とした。

「まずは、彼女に正体を明かそうか……」

「皇帝グレンディル」として会えば、またエフィニアは警戒するだろう。

まずは幼竜の姿で彼女と会って警戒を解いてもらい、機を見て正体を明かすのだ。

そうすればきっと、彼女は今の姿の「グレンディル」にも優しく微笑んでくれるに違いない。

決意を秘め、グレンディルは立ち上がった。

◇◇◇

「はぁ……ついカッとなって重要なことを聞き忘れてしまったわ」

後宮の屋敷に戻ったエフィニアは、少しだけ自分の軽率な行動を後悔していた。

皇帝グレンディルに塩対応したことではない。

むかむかと怒っている間に、「何故自分をここに呼んだのか」と「後宮に興味がないのなら皇后争いはどうなるのか」ということを聞き忘れてしまったことに対してである。

（でもまぁ……あの雰囲気じゃもう二度と呼ばれないだろうし、私を皇后争いに担《かつ》ぎ出す気もなさそうね。きっとこのまま何もなく過ぎていくわ）

もしかしたら皇帝グレンディルは、「運命の番」としてエフィニアのことを気遣ってくれたのかもしれない。

だがエフィニアとしては、「頼むからそっとしておいてくれ」というのが本音だ。

グレンディルが何の気なしに起こした行動でも、後宮の妃や女官たちにとっては一大ニュースになってしまうのだから。

エフィニアの望みは、ただ穏やかに暮らすこと。

運命の番だか何だか知らないが、皇帝には早く適当な相手を皇后として据えて欲しいものである。

（まぁ、今日の様子を見る限りはきっと皇帝陛下も気分を害されて、もう二度と私に関わろうとはしないでしょうね……）

エフィニアは竜族の「運命の番」についてはよくわからない。

エフィニアが後宮にいて特に交流がなくてもグレンディルが普通に生活できるのなら、別に嫌々食事に誘う必要もないだろうと思ってしまうのだ。

「お疲れさまでした、エフィニア様」

「まったく、もう今回限りにして欲しいわ……」

イオネラの淹《い》れてくれた紅茶を飲み、エフィニアは大きくため息をついた。

「……少し、庭を歩いてくるわ」

妖精族であるエフィニアは、種族の習性もあり植物の多い場所を好んでいた。

草花の生い茂る庭に出て、レプラコーンの作ってくれた小さなベンチに腰掛けると、どっと疲れが襲ってくる。

ゆっくりとまぶたを閉じたエフィニアは、いつの間にかうとうととまどろんでいた。

……どのくらい、時間が経《た》ったのだろうか。

「…………きゅう」

どこか懐かしい鳴き声が聞こえ、エフィニアははっと目を開ける。

随分と、膝が温かい。

そっと視線を落とせば、エフィニアの膝の上にいつぞやの黒い幼竜がちょこんと座っていたのだ。

その途端、エフィニアの胸に歓喜が押し寄せた。

「来てくれたのね……！」

その姿を目にした途端嬉《うれ》しさがこみあげてきて、エフィニアはぎゅっと幼竜を抱きしめた。

じんわりと温かな体温が伝わって来て、幼竜も嬉しそうに腕の中でくるくると喉を鳴らす。

竜の鱗《うろこ》は硬いというイメージがあったが、幼竜の鱗はまだ柔らかく体つきももちっとしているのだ。

ついエフィニアは、欲望のままにぎゅうぎゅうと強く抱きしめてしまう。

「きゅっ、きゅううう……!!」

「あっ、ごめんね……！　苦しかったね……」

慌てて幼竜を解放し、膝にのせてよしよしと頭を撫《な》でる。

すると幼竜は、すりすりとエフィニアの指先に鼻先を擦《なす》り付《つ》けてきた。

「……また会えて嬉しいわ。来てくれてありがとう」

ゆっくりと幼竜の体軀《たいく》を撫でながら、エフィニアは心を込めてそう囁《ささや》く。

この小さな竜がエフィニアのことを覚えていてくれて、会いに来てくれたことが何よりも嬉しいのだ。

時刻は既に夕暮れを迎えていたが、以前とは違い幼竜は帰ろうとするそぶりを見せなかった。

「時間は大丈夫？　よかったら夕食も一緒に食べていかない？」

「くるるぅ」

幼竜が肯定するような声を出したので、エフィニアは上機嫌で幼竜を抱えたまま屋敷の扉を開ける。

「イオネラ、お客さんが来たわ！」

「えっ、いったいどなたが……まぁ！　この前のちっちゃなドラゴンちゃんじゃないですか！」

「うふふ、今日は夕食も一緒に食べていってくれるみたいなの」

「それなら気合を入れて作りますね！」

きゃっきゃとはしゃぐエフィニアの姿に、幼竜――の振りをした皇帝グレンディルは満足げに喉を鳴らした。

グレンディルに対峙する時の冷たい態度とは違い、ここにいるエフィニアは優しく穏やかだ。

きっと、これが彼女の本当の姿なのだろう。

うまく誤解を解けば、皇帝の姿の時もこのように穏やかに付き合えるのかもしれない。

そう、うまくタイミングを見計らって正体を明かし、これまでのことを謝ろう。

うまくタイミングを、見計らって……。

「夕食が出来たわ。遠慮せずに食べてね」

いや、もう少し待ってから……。

「はい、あ～ん」

もう少し、もう少しだけ……。

「デザートはどう？　とっても美味《おい》しいのよ！」

あと少し、警戒を解いた後でも……。

「私の膝で食べたいの？　しょうがないわね……」

正体を明かす、タイミングを……。

「あらあら、たくさん食べたら眠くなっちゃったの？　よかったら泊まっていく？」

うまく、タイミングを――。

◇◇◇

「…………はっ！」

チチチ……と爽やかな鳥の声が聞こえ、グレンディルははっと目を覚ました。

カーテンの隙間から日の光が差し込み、既に朝を迎えたことを告げている。

……それにしても、ここはどこなのだろう。

まだ寝ぼけた頭のままグレンディルは身を起こし、無意識に手元の武器を探ろうとした。

だがその途端、何か温かなものに指先が触れる。

反射的にそちらに視線を向け……グレンディルは仰天してしまった。

「！！？！？！！？」

うっかり声を出さなかったのは、まさに奇跡だと言えるだろう。

グレンディルの傍らでは、小さな番《つがい》──エフィニアが無防備に眠っていた。

耳をすませば、すぅすぅという可愛《かわい》らしい寝息が聞こえてくるのだ。

どうやら自分はエフィニアのベッドで、彼女と共に一夜を過ごしてしまったらしい。

（……いや待て、どうしてこうなった！）

確か昨日は幼竜の姿のままエフィニアの元を訪れたはずだ。

機を見て正体を明かそうとタイミングを見計らううちに、夕食を振る舞われ、優しく撫でられ……不覚にも眠ってしまっていたらしい。

エフィニアがこんなにも無防備に寝ていることから、おそらく寝入った時には幼竜の姿だったのだろう。

就寝中に、変化《へんげ》が解けてしまったようだ。

（くっ、これはまずい……！）

エフィニアは未《ま》だ幼竜の正体がグレンディルだということを知らないはずだ。

このまま彼女が目を覚ませば、自分は知らないうちに寝所《しんじょ》に潜り込んだ変態になってしまう……！

そうなれば、すべてが終わりだ。

いくら相手が側室といえども、「幼い容姿の妃に欲情し、幼竜の姿で油断させ無理やり寝所に潜り込む変態野郎」という目で見られ、グレンディルの威厳は失墜する。

もちろんエフィニアは二度と口も利いてくれなくなり、関係の修復は絶望的になってしまう。

それだけは、避けなければ……！

（もう一度変化を……くっ、駄目か……！）

幼く小さな竜に変化するというのは、実はかなり高度な魔術なのである。

竜族の中でも、グレンディルほど鮮やかに幼竜の姿になれる者は類を見ないだろう。

この小さな体を維持し続けるのには膨大な魔力を消費する。

どうやら眠っている間に、グレンディルの魔力も枯渇《こかつ》してしまったようだ。

もう一度幼竜の姿に変化しようとしたが、やはりうまくいかなかった。

焦るグレンディルの耳に、更なる破滅の足音が聞こえてくる。

「エフィニア様～、朝ですよ～」

部屋の外からエフィニア付きの侍女の声が聞こえ、グレンディルは凍り付いた。

エフィニアもその声に反応し、「んー……」と愛らしい声を漏らす。

駄目だ、絶体絶命の状況だ。

この状況を侍女に目撃され、エフィニアが目覚めれば……グレンディルの竜生《りゅうせい》は終わる。確実に終わる。

(仕方ない。かくなる上は……！)

覚悟を決めたグレンディルは、目にもとまらぬ速さで窓際へ駆け寄った。

そして一息に窓を開け放すと、ひらりとそこから身を躍らせる。

「エフィニア様、ドラゴンちゃんの様子は……あれ、いませんねぇ」

「おはよう、イオネラ……うそっ！　あの子がいないわ!!」

間一髪で目覚めたエフィニアの慌てる声を聞きながら、難なく地面に着地したグレンディルは素早くその場を後にした。

そのまま人目につかないように後宮を出ようとしたが、運悪く後宮の入り口付近で巡回の女官に見つかってしまう。

「えっ、皇帝陛下⁉　ナンデ！！？」

「……後宮の主《あるじ》たるこの俺が、ここにいてはいけないとでも？」

「いえっ、滅相もございません‼」

なんとか適当に誤魔化し、堂々と門をくぐり後宮からの脱出に成功する。

だがすぐに、グレンディルは大きく後悔することになる。

「号外！　号外‼　皇帝陛下が後宮で夜を明かされました‼　ついに寵姫《ちょうき》様ができたものと思われまぁす‼」

後宮方面から大声で触れ回る女官の声が聞こえ、グレンディルはズキズキと痛む頭を押さえた。

◇◇◇

「それで、ついに皇帝陛下に寵愛《ちょうあい》されるお方ができたそうですよ。ただしどなたかまではわからないそうで……今日はどこもその話でもちきりでした！」

「そう………」

興奮したイオネラがもたらした情報にも、エフィニアはたいして心を動かされなかった。

エフィニアの目下の関心は無駄に偉そうな皇帝よりも、いつの間にかいなくなってしまった小さな竜に注がれていたのである。

「窓が開いていたから、私が寝ているうちに帰ったのかしら……」

「大丈夫ですよ、エフィニア様。あの子はエフィニア様のことを覚えていて、会いに来てくれたんです。きっとまた来てくれますよ！」

「そうね、そう信じたいわ……」

朝から落ち込むエフィニアを、イオネラはあの手この手で慰めようとしてくれている。

そんな彼女の努力を無下にするのも忍びなくて、エフィニアは力なく微笑んだ。

そんな時、珍しく屋敷の呼び鈴が鳴った。

「あれ、どなたでしょう……。あっ、もしかして、小さいドラゴンちゃんの保護者の方が挨拶に来てくださったのかもしれませんよ！」

イオネラはウキウキと屋敷のエントランスに向かい、扉を開く。

だがその向こうに陣取っていた者たちを見て、ウサギ耳をぴょこんと揺らして悲鳴を上げた。

「ひいぃぃぃ！！？」

「どうしたの⁉」

ただならぬ悲鳴に、エフィニアも慌ててエントランスへと足を踏み入れた。

そこで目にした光景に、目を丸くする。

「突然のご訪問をお許しください、エフィニア様」

「こちらにいらっしゃるのは、誰よりも勇敢で美しい獅子姫《しし》――レオノール様にございます」

「レオノール様が是非エフィニア様にお会いしたいとおっしゃいまして、こうして来てやった次第です」

まるで用意していた台詞《せりふ》を読み上げるかのように、ずかずかと屋敷の中に入り込んだ者たちはそう告げた。

後宮の侍女が、三人。そしてその後ろに控えるのは……彼女らの仕える側室だろう。

「あなたたち……」

手前の三人の侍女は、エフィニアにも見覚えがあった。

かつてイオネラを虐《いじ》めていた、獣人の侍女たちだったのだ。

「久しぶりね、イオネラ」

侍女たちの背後に控えていた美女が、へたり込むイオネラを見下しながらうっそりと笑う。

艶《あで》やかな黄金の髪から、ぴょこりと猫の耳が覗《のぞ》いていた。

おそらく彼女がレオノール姫――獣人の国、グラスランドの王女兼側室なのだろう。

彼女はあからさまにエフィニアたちを嘲るような態度を隠しもしていない。

普段なら気圧《けお》されてなるものか……と気を張る場面だが、エフィニアはどうにも彼女の頭上の可愛らしい猫耳が気になって仕方がなかった。

（猫の獣人？　いえ、「獅子姫」というからにはライオンの獣人なのかしら。……あれ、でもライオンも猫の一種じゃなかったっけ。じゃあやっぱり猫の獣人でいいのかしら……？）

……などと割とどうでもいいことを考え込むエフィニアに、しびれを切らしたのかレオノールが近づいてくる。

にこやかな笑顔を浮かべながらも身構えるエフィニアに、側室レオノールは嫌味たっぷりに口を開く。

「ご挨拶が遅れて申し訳ございません、エフィニア王女。イオネラを拾っていただいたようでなによりですわ。うふふ、わたくしが捨てた侍女を拾うなんて、エフィニア王女はリサイクル精神に溢《あふ》れたお方ですのね。今度からはいらない物はここに捨てさせてもらおうかしら」

「それはいい考えですね、レオノール様！」

「この粗末な屋敷も華やぐことでしょう！」

「さすがはお優しいレオノール様!!」

口々にピーチクパーチクと囀《さえず》る侍女たちに、エフィニアは怒りを通り越して呆《あき》れてしまった。

(こうもあからさまに攻撃されると……怒る気も失《う》せるわね。まぁ、きっちり売られた喧嘩は買いますけど)

おほんと咳払《せきばら》いをして、にっこりと笑って見せる。

棘《とげ》を刺すまでは、可憐《かれん》な花を演じて相手を油断させなければならないのだ。

「まぁ、ここに来たばかりでまだまだ粗末な屋敷ですの。ご容赦くださいね。……そうだわ！　皆さま、どうぞ庭へいらしてくださいな。花が見頃ですのよ」

適当に理由をつけて、エフィニアはレオノールとそのお付きの者を庭先へと誘導した。

レオノールをガーデンチェアに案内し、へたり込んでぶるぶると震えていたイオネラにお茶の準備を命じる。

「イオネラ、お茶の準備をお願い。たっぷり時間をかけてね」

「エ、エフィニア様……私、私……！」

「大丈夫、すぐに追い払うから。あなたは私の侍女として、堂々としてなさい」

「はっ、はい……⁉」

イオネラに活を入れ、エフィニアはレオノールの元へと戻る。

彼女は優雅に周囲を見回し、最後にエフィニアに視線を戻すと鼻で笑う。

「ところでエフィニア様。皇帝陛下に寵愛される側室が出来たのはご存じかしら？」

「えぇ、どなたなのかは存じませんが」

「わたくしも、誰が寵姫なのか調べている最中ですの。だって皇帝陛下の大切になさっている方なのでしょう。……きっちり、もてなして差し上げなければ」

完全に獲物を狙う獅子の目で、レオノールはそう告げた。

エフィニアは動じなかったが、レオノールの背後の侍女三人は「ひぃ！」と小さく悲鳴を上げている。

（……殺《や》る気まんまんね。誰だかしらないけど寵姫の方も可哀《かわい》そうに）

「わたくしてっきり、エフィニア様がその寵姫ではないかと思いましたの。陛下はエフィニア様を皇宮に招かれたという話ですし、何よりエフィニア様は、グレンディル皇帝陛下の『運命の番』でいらっしゃるでしょう？　でも……」

そこでいったん言葉を止めると、レオノールは最大限に意地の悪い笑みを浮かべて言い放った。

「ここに来てはっきりと違うということがわかりましたわ！　だって皇帝陛下がこんな粗末な屋敷においでになるはずがありませんもの！　オーホッホッホッホ」

勝利の咆哮《ほうこう》……ではなく高笑いを上げるレオノールに、エフィニアは愛らしい笑みを浮かべて見せた。

レオノールははっきりとこちらに対して挑発行為を行った。

だから今から始めることは、正当防衛にあたるはずだ。

「レオノール様。せっかく来ていただいたのだから少し見世物《みせもの》をいかがですか？」

「は？ 見世物？」

エフィニアはすっと立ち上がると、パンパンと手を叩《たた》く。

「来て、〈アルラウネ〉！」

そう呼びかけると、近くの花畑からワラワラと背中に花を咲かせたハリネズミが集まってくる。

彼らは精霊の一種――アルラウネだ。植物の生育を促進する力を持つ精霊で、エフィニアが短い時間で畑や庭を整備できたのも彼らの力によるところが大きい。

足元に集まって来たアルラウネに、レオノールたちにはわからない特殊な言語――精霊語で指示を与え、エフィニアは朗らかに笑う。

「さぁ、お客様に精霊の舞踏会をお見せしましょう！」

エフィニアが手を叩くと、リズムに合わせてアルラウネたちが軽やかに踊り出す。

その様子は何とも愛らしくて、レオノールの侍女たちは状況も忘れて目を輝かせていた。

ただ一人、レオノールだけは猫耳をぴくぴく震わせて、不満げに言葉を漏らす。

「ふん、この稚拙なお遊戯会が舞踏会ですって？ さすがはド田舎の世間知らず姫ね！」

レオノールはまだ気づいていないのだ。

既に、エフィニアの毒牙が喉元にまで迫っているのを。

アルラウネがくるりとターンするたびに、その力に触発《しょくはつ》されて庭に咲き誇る花々がぶわっと花粉をまき散らす。

すぐに辺りは、濃厚な花粉に満たされていく。

「くしゅっ……す、すみません」

「へっくち！　……おっと失礼」

鼻の利く獣人たちには、特にこの花粉攻撃は有効だったようだ。

すぐにレオノールの侍女たちは、小さなくしゃみを繰り返しながら鼻を押さえ始めた。

（さすがは獣人の王女……。鼻がむずむずして仕方ないはずなのに、ここまで耐えるなんて……）

レオノールだけは、不快そうに眉を寄せながらアルラウネの可愛らしいダンスを眺めている。

高貴なる王女が、人前でくしゃみをするなんてとんでもないと思っているのだろう。

敵ながらあっぱれだ。エフィニアはレオノールの忍耐強さに感心してしまう。

（でも、いつまで耐えられるかしら？）

アルラウネはふりふりとお尻を振りながら、連続してくるくると回っている。

それと同時に、周囲の花々が一斉に花粉をまき散らしていく。

妖精族は耐性があるので平気だが、レオノールたちはひとたまりもないだろう。

「……もうたくさんよ。帰らせてもらうわ」

ついに我慢が出来なくなったのか、レオノールはがたりと音を立てて椅子から立ち上がった。

エフィニアは足を踏みしめて、その進路に立ちふさがった。

「見世物の最中に中座《ちゅうざ》なんて失礼ではないですこと？　理由をお聞かせくださいな」

「このっ……どきなさ――ぶえっっくしょい!!」

辺りを揺るがすような、巨大なくしゃみの音が響き渡る。

アルラウネたちは驚いて踊るのをやめ、レオノールの侍女たちは真っ青になった。

エフィニアはただにっこり笑って、レオノールにハンカチを差し出してやる。

「あらレオノール様。鼻水が出ていらっしゃいますわよ」

「っ――――！」

その途端、レオノールは真っ赤になってその場から走り去った。

「待ってくださいレオノール様～」と情けない声を上げて、侍女たちもその後を追っていく。

やっと静かになった庭先で、エフィニアは勝利の微笑みを浮かべた。

「毒をもって毒を制す……なんてね」

（本物の毒花だったら今頃レオノール様の命はなかったけど……意外と側室って不用心なのね）

そんな物騒なことを考えていると、バタバタと慌てた様子でイオネラがやって来る。

「お待たせしましたエフィニア様～」

「イオネラ待って、ここに来ない方がいいわ。レオノール様たちはもうお帰りになったから、中でお茶を飲みましょう」

「えっ、もう帰ったんですか⁉」

この場にはまだ濃厚な花粉が残っている。

レオノールと同じく獣人のイオネラには辛《つら》いだろう。

イオネラの背を押して屋敷に戻しながら、エフィニアはふと考えた。

（そういえば……皇帝陛下の寵姫って、誰なのかしら？　レオノール様も知らないってことは、あまり目立たない方なのかしら……。まぁ、私には関係ないけど！）

まさかその「寵姫」が自分であるなどとは露知らず、レオノールに勝利したエフィニアは上機嫌でティータイムに興じるのだった。

—4— 妖精王女、皇后争いに巻き込まれる

後宮ではしきりに「皇帝陛下の寵姫《ちょうき》探し」が行われているようで、エフィニアの屋敷《やしき》を見張る人影もたびたび目にするようになった。

だが、どれだけ見張っても皇帝グレンディルがこの屋敷に通うことはない。

エフィニアは無駄足を踏む者たちを眺めながら「ご苦労なことね……」と普段通りに過ごしていた。

（これだけ探しても皇帝陛下の寵姫が誰だかわからないなんて……よっぽど隠れるのが上手《うま》い方なのかしら？）

なんでも皇帝グレンディルは、朝方に後宮を出ていくところを女官や門番に目撃されたらしい。

それすなわち、後宮のどこかで夜を過ごしたということなのだが……レオノールを始めとして多くの側室やその手先が例の寵姫を探しても、手がかりすら得られていないのだとか。

皇帝の「運命の番《つがい》」であるエフィニアも、寵姫の有力候補として疑われているようだ。

だが、もちろんそんな事実はないので、どれだけ見張ったとしても決定的な場面が見られるわけがないのだ。

エフィニアも少しだけ、これだけ探しても見つからない寵姫がどのような人物なのか気になり始めていた。

（もしかしたら、お相手は側室ではないのかしら……？　後宮の女官や侍女とか……。もっ、もしかしたら……警備の騎士の方なのかもしれないわ‼）

例の「寵姫」は、もしかしたら公に寵愛《ちょうあい》していると言い辛《づら》い相手なのかもしれない。

あの無駄に偉そうな皇帝も、道ならぬ愛に苦しんでいたりするのだろうか……。

そんなことを考え悶々《もんもん》としながら、エフィニアはアルラウネたちと共に庭の草木の剪定《せんてい》に精を出していた。

するとエフィニアの耳に、聞き覚えのある小さな羽音が聞こえてくる。

「来たっ！」

ぱっと顔を上げると、空の向こうから小さな影が近づいてくる。

「きゅーぅ！」

やって来たのは、あの小さな幼竜だ。

朝起きたらいなくなっていた時は焦ったが、あれからも幼竜は時折エフィニアの元へ遊びに来てくれる。

あの時のように長時間滞在することはないが、わずかな時間でも顔を見せてくれることをエフィニアは嬉《うれ》しく思っていた。

「おいで……今日も元気いっぱいね！」

腕の中に飛び込んできた幼竜を抱きしめ、エフィニアはついつい頬ずりしてしまう。

「きゅう⁉」

途端に驚いたような声を上げる幼竜にくすりと笑い、エフィニアは踊るように軽やかに歩き出した。

「今日はケーキを焼いたの。少しティータイムをする時間くらいはあるでしょ？」

「くるるぅ」

幼竜は嬉しそうに喉を鳴らす。

イオネラにお茶とケーキを頼み、エフィニアは幼竜を抱いたまま庭に備え付けられたガーデンテーブルへと足を進める。

「それでね、今の後宮は皇帝陛下の寵姫探しでピリピリしていて……本当に参っちゃうわ」

「………きゅぅ」

何の気はなしに最近の出来事を零《こぼ》していると、幼竜は居心地悪そうにくるんと尻尾を丸めてしまった。

「ごめんね、あなたにはつまらない話だったわね。それよりももっと面白い話を……そうだわ。私の故郷の話はどう？」

「くるるぅ！」

途端に嬉しそうに尻尾をパタパタさせる幼竜に、エフィニアは表情をほころばせた。

◇◇◇

深夜にもほど近い時間に、皇帝グレンディルは自らの執務室で一人、仕事に没頭していた。

だが、ふとした瞬間に脳裏をよぎるのは……小さな番、エフィニアのことだ。

――『それでね、今の後宮は皇帝陛下の寵姫探しでピリピリしていて……本当に参っちゃうわ』

あれからもグレンディルは、時間を見つけては幼竜の姿に変化《へんげ》し、エフィニアの元を訪れていた。

うっかりエフィニアの元で一晩過ごした日の出来事は、どうやら後宮の一大事となってしまったようだ。

幸いにもエフィニアがグレンディルの正体に気づいた様子はなく、グレンディルの寵姫がエフィニアだと周囲に知られてもいないようだ。

(いや、幸い……なのか?)

結局グレンディルは、エフィニアに真実を伝えられていないのだ。

エフィニアは小さな竜がやってくれば快く迎えてくれるが、グレンディルのことは相変わらずよく思っていないだろう。

だからといって、このまま引き下がる気は毛頭ない。

エフィニアには小さな幼竜ではなく「グレンディル」として自分を見て欲しいのだ。

(前回の反省を活《い》かし、今度こそは必ず……!)

もう一度、「グレンディル」としてエフィニアに会おう。

そして、前回までの汚名を返上し、少しでも彼女に近づきたい。

どんな強敵を前にした時よりも気を引き締め、グレンディルは文をしたためるのだった。

◇◇◇

「エフィニア王女、皇帝陛下より封書が」

「…………」

朝一番で押しかけて来た女官長に、エフィニアは「ハァ？」と言いたいのを間一髪で堪えた。

封書を手にした女官長は、ビシバシと敵意を滲《にじ》ませながらエフィニアを見据えている。

その視線からは、最近噂《うわさ》の「皇帝の寵姫」がエフィニアではないかと、がっつり疑っているようだった。

（……本当に何なの⁉　何でまた私に文なんて届けるのよ‼）

ただでさえ今の後宮はピリピリしているのに、爆弾を投げ込むような真似《まね》は勘弁願いたいのだ。

エフィニアは怒り出したいのを抑え、軽く礼を言って封書を受け取る。

果たしてそこに記されていたのは、前回と同じように食事への誘いだった。

「……喜んで伺いますと、お伝えいただけるかしら」

「かしこまりました。……皇帝陛下は、随分とエフィニア様をご寵愛なさっているようですね」

一体どんな手を使ったんだ、とでも言いたげに、女官長はエフィニアに批難の目を向けている。

「……皇帝陛下の御心は、わたくしには拝察《はいさつ》いたしかねますわ」

否定も肯定もせず、エフィニアは女官長に背を向け屋敷の中へと舞い戻る。

そして扉を閉めた途端、その場にへたり込んだ。

「もうっ……なんなのよっ!!」

女官長の悔しそうな顔が見られたのはよかった。

だが、何故《なぜ》あの皇帝は興味がないくせにこうも自分を振り回すのか！

相手が大国の皇帝でなかったら、「いい加減にしろ！」と頰をひっぱたいてやりたいものである。

「運命の番だからって別に頻繁《ひんぱん》に会わなくてもいいんでしょ!? それなのに、こんなことをして私がどんな目で見られると……ま、まさか……」

そこでエフィニアはとある可能性に思い至ってしまった。

皇帝グレンディルは「運命の番」だからといって、エフィニアに興味はない。

「あんな子どもみたいなのが俺の番だとは心外だ」と、本人の口から聞いたのである。

それなのに、こうして何度もエフィニアを呼びつける理由として考えられるのは……。

(私……カモフラージュにされてない!?)

誰なのかはわからないが、後宮のどこかには皇帝の真の寵姫がいるはずだ。

もしかすると皇帝グレンディルは側室たちの寵姫探しが激化する気配を察して、エフィニアを生贄《いけにえ》として差し出したのではないのか？

(あり得る。あり得るわ……！)

エフィニアの祖国であるフィレンツィア王国は、帝国からすれば吹けば飛ぶほどの小国だ。

エフィニアの身に何が起ころうと、その結果フィレンツィア王国から抗議が来ようとも、皇帝にとっては痛くもかゆくもないのだろう。

あの偉そうな竜族の皇帝は、愛する真の寵姫のために「運命の番」であるエフィニアをスケープゴートにしやがったのだ！

「……うふふ、面白いじゃない」

気づいてしまったエフィニアは、何故か愉快な気分がこみ上げて笑ってしまった。

あの冷血皇帝にも、エフィニアを犠牲にしてまで守りたい恋人がいるとは思いもしなかった。

もちろん、勝手にエフィニアを盾にしようとしたグレンディルには怒りが湧いてくる。

彼にもそんな一面があったのだと思うと、少しだけ見直してやらなくもない、と思ってしまうのだ。

「ちょうどいいわ。せっかくだから陛下にお話をいたしましょうか」

にんまりと策士の笑みを浮かべる主人を見て、イオネラは無意識にぶるり、と身震いした。

◇◇◇

「ご機嫌麗しゅう、皇帝陛下。お招きにあずかり光栄にございます」

二度目の食事会にやって来たエフィニアは、あたりに春を振りまくような愛らしい笑みを浮かべていた。

だが、皇帝グレンディルはその笑みにどこか違和感を覚え、内心で首をかしげる。

幼竜の姿で会う時のエフィニアは、もっとはつらつとした笑顔をしていたはずだ。

だが今の彼女は、まるで……よそ行きの仮面を被《かぶ》るかのような、どことなく何かを取り繕《つくろ》うかのような気配がするのだ。

(俺の……思い違いか?)

そんな疑念を表に出さないように、グレンディルは表向きは快くエフィニアを迎えた。

前回の反省を活かし、エフィニアの腰掛ける椅子は特注の小さな物にして、手前には昇降用の踏み台も用意した。

用意された席を目にした途端、エフィニアはぴくりと眉を動かしたが、優雅な動きで席に着く。

そうして、二度目の食事会が始まった。

きっと傍目《はため》には、前回とは違い和やかな食事会のように見えているのだろう。

エフィニアはにこにこと微笑《ほほえ》み、二人の間では当たり障りのない会話が続いていた。

控える者たちは「あぁ、皇帝陛下の雷が落ちずに済む……!」と安堵《あんど》していた。

だが、グレンディルの抱いた疑念はどんどんと膨らんでいく。

(おかしい。機嫌がよすぎるっ……!)

前回の対応で、エフィニアはひどく機嫌を損ねたはずだ。

それなのに、今は不気味なほど穏やかに微笑んでいる。

素の彼女は、素直に喜怒哀楽を露《あらわ》にする少女だ。

幼竜の姿で会う時は、いつも嬉しそうに笑ったり、ぷりぷりと怒っていたりするのだから。

（何か、目的があるのか？）

彼女はこの場の者を欺いて、何かをしようとしているのだろうか。

気が付けば運ばれてきていたデザートのケーキを食しながら、グレンディルは傍目には無表情にエフィニアの様子を窺《うかが》う。

小さな手でケーキを切り分け、行儀よく食した彼女は、フォークを置くとにこりと笑って口を開いた。

「差し出がましいようですが皇帝陛下。このエフィニアの望みを聞いてはいただけないでしょうか」

「……承知した。何でも申してみるといい」

「わたくし……陛下と二人だけで、皇宮のお庭を歩きたいのです」

エフィニアが恥じらいながらそう言った途端、グレンディルは思わず目を見開いた。

驚いたのはグレンディルだけではない。

食器を運んでいた使用人は派手に皿を割り、控えていた侍従の中には驚きすぎてうっかりブレスを吐いて壁を焦がした者もいる。

グレンディルは数秒の間放心したように、何度も頭の中でエフィニアの言葉を反芻《はんすう》した。

……エフィニアが、グレンディルと共に庭園の散策を望んでいるだと⁉

（ま、まさか……よくわからないが彼女に俺の想《おも》いが通じたのか⁉）

どう考えても大失敗だとしか思えなかった前回の食事会の後、何故だかわからないがエフィニアはグレンディルに好意を持ってくれたのかもしれない。

そうとなれば、いつまでも呆《ほう》けているわけにはいかない。

傍目には何事もなかったかのように、グレンディルは淡々と口を開く。

「それが姫の望みならば、同行しよう」

今までほとんど発揮する機会はなかったが、グレンディルは皇帝の教育の一環として女性のエスコート術も身に付けていた。

平静を装い手を差し出すと、エフィニアの白魚のように白くて小さな手がグレンディルの手に触れる。

少し力を入れれば壊れてしまいそうな小ささと柔らかさに、ゴロンゴロンと悶絶《もんぜつ》したいのを何とか堪え、グレンディルはエフィニアをエスコートする。

身長差がありすぎるので多少不格好になってしまったが、二人はまるで想いあう番同士のように庭へと繰り出したのだった。

「帝国のお庭の様式はこのようなものが一般的なのですね。勉強になりますわ」

「竜族には風流を解するような心が育ちにくいと言われているからな。どちらかというと質実剛健《しつじつごうけん》に重きを置いたようになってしまう。フィレンツィア王国には年中多くの花が咲き誇ると聞くから、姫には物足りないだろう」

「いいえ、こちらのお庭も素敵ですわ」

グレンディルは特に苦労もなく、エフィニアと会話らしい会話が成立していることに感動していた。

エフィニアは「あちらに行きませんか？」と徐々にひとけのない方へとグレンディルを誘導していく。

そして木々によって人目が遮《さえぎ》られる場所にまでやって来ると、まっすぐにグレンディルを見つめ、口を開いた。

「陛下。わたくし、陛下にお伺いしたいことがございますの。……陛下のご寵愛なさる御方のことでございます」

――『それでね、今の後宮は皇帝陛下の寵姫探しでピリピリしていて……本当に参っちゃうわ』

以前幼竜の姿で聞いた話を思い出し、グレンディルはごくりと唾をのんだ。

そう、今日こそは伝えなくては。

グレンディルの「寵姫」は、他でもないエフィニア自身のことなのだと。

そうすれば、きっとこの想いを伝えられ――。

「ご安心ください。わたくしを寵愛なさる方の盾にしたこと自体を怒っているわけではございませんので」

「…………ん？」

「『運命の番』なんて厄介なものになってしまったんですもの。多少不利益を被るのは想定の範囲内ですわ」

「…………」

「今すぐその寵姫様がどなたなのかを教えろとは申し上げません。ただ、わたくしに遠慮なさる必要はないとご理解いただければ。わたくしとて今は側室の一人です。陛下の恋路に、多少はご協力できることもあるかと思いますわ」

したり顔で、エフィニアは得意そうにそう口にした。

想定外の言葉にショックで思考停止していたグレンディルは、じわじわと彼女の言葉の意味を理解し始めていた。

つまり、エフィニアは……自分がグレンディルの寵姫であるなどとは露ほども思っていないのだ！

グレンディルには真の寵姫が居て、しかもエフィニアはその盾にされていると思っているのだろう。

そう気づいた途端、グレンディルは多大なるショックを受けた。

エフィニアが機嫌よさそうにしていたのは、グレンディルに好意を持っているからなのではない。

彼女はグレンディルに他の想い人がいると思い込んでいて、その相手との恋路を祝福しようとしているだけなのだ！

「ですからわたくしは……陛下？　どうかなさいましたか？」

「いや……何でもない」

ここで、「寵姫なんていないし俺が想っているのは君だ」と伝えられたのなら、エフィニアも自身の勘違いに気づいたのかもしれない。

だが恋愛方面に関しては卵から出てきたばかりの雛《ひな》レベルなグレンディルは、エフィニアの勢いに押されて何も言うことができなかった。

そして気が付けば、エフィニアは大いに勘違いを抱えたまま、上機嫌で後宮に帰って行ってしまったのである。

◇◇◇

「うふふ……陛下ったら珍しく慌てていらっしゃるように見えたわ。よっぽど寵姫のことを大事になさっているのね」

まさかその「寵姫」が自分であるなどとは思わず、エフィニアは機嫌よく屋敷へ戻ってきた。

あの冷血皇帝も愛する者のこととなると、多少は感情的になるようだ。

とりあえず、エフィニアがグレンディルの恋路を応援するということは伝えられたはずだ。

後はエフィニアが盾となっている間に、うまくその寵姫を皇后へと選出する手筈《てはず》を整えてくれるとよいのだが。

「お帰りなさいませ、エフィニア様。皇帝陛下とはうまくいきましたか？」

「ちょっとイオネラ。私がうまくいくわけないじゃない。陛下には別に寵姫がいらっしゃるのだから」

「えー、エフィニア様は陛下の運命の番なんですよ？　結局最後はエフィニア様の所に来るんじゃないですか？」

「竜ってそんなに可愛《かわい》げのある生き物じゃないと思うわ」

そんな雑談を続けていると、不意に屋敷の呼び鈴が鳴った。

「はーい！」

慌てて出ていくイオネラを横目に、エフィニアは耳を澄ませた。

聞こえてくるのは、イオネラともう一人……女性の声だ。

(女官長……ではないわね。いったい誰なのかしら？)

そんなエフィニアの疑問に答えるように、すぐにイオネラは戻ってきた。

その手に、招待状を携えて。

「たたた、大変です！　エフィニア様!!　ミセリア様よりお茶会への招待状です!!」

「…………誰？」

ミセリア――聞いたことのない名前だ。

首をかしげるエフィニアに、顔を青ざめさせたイオネラが震えながら告げる。

「ミセリア様と言えば……側室の一人で、現時点で最も皇后に近いと言われている御方ですよ！」

ミセリア・ファルサ――マグナ帝国の公爵令嬢で、生粋の竜族の姫君。

帝国の公爵令嬢といえば、下手な従属国の王女よりもよほど地位が高い。

後宮の中でも最も美しく大きな住居を与えられているという。

容姿も美しく、知性と気品を兼ね備え、多くの者が「彼女こそが皇后にふさわしい」と称《たた》え、一大派閥になっているのだとか……。

イオネラの説明を聞きながら、エフィニアは形の良《い》い眉を寄せた。

「そんな御方が私に招待状、ねぇ……」

皇帝の寵姫探しに躍起《やっき》になっているこの状況だ。

……どう考えても、友好的な誘いだとは思えなかった。

「どど、どうしましょう……？」

慌てふためくイオネラに、エフィニアはくすりと笑う。

「招待されたからには、断れば角が立つし何を言われるかわからないわ。仕方ないから行ってやろうじゃないの」

また面倒が増えた……と、エフィニアはため息をつく。

真の寵姫は雲隠れして、側室同士で潰し合いとは……なんともむなしい限りだ。

（まったく、皇帝はさっさと寵愛なさる方を皇后に立てるべきよ！　そうすれば、この馬鹿げた争いも少しは収まるかもしれないのに……）

心の中で皇帝に文句を垂れつつ、エフィニアはどう動くべきか考えを巡らせた。

◇◇◇

招待状に記されていた日時に、指定された通りエフィニアはミセリアの邸《やしき》を訪れた。

エフィニアに与えられたボロ屋敷とは大違いの、石造りの荘厳な城である。

エントランスの前には両側にずらりと侍女が並び、お茶会の招待客に頭を下げていた。

(はぁ、同じ側室なのにこの待遇の差はいったい……)

釈然としない思いを抱えつつも、エフィニアは招待状を見せて案内されるままに進んでいく。

対応した侍女はエフィニアを見た瞬間はっとした表情に変わったが、すぐに何事もなかったかのように案内をしてくれた。

さすがに、教育は行き届いているようである。

(女官長やレオノール様の所の侍女とは大違いね……)

そのミセリアという側室は、どうやら今までとは違い気の抜けない相手のようだ。

できれば敵に回したくはないが……、

(それは、ミセリア様次第ね)

今一度気を引き締めて、エフィニアはお茶会の会場へと足を踏み入れる。

皇宮で見たのと同じような装飾が施されたこの部屋は……応接間だろう。

部屋の中央に大きな長テーブルが置かれ、既に何人もの着飾った女性――おそらくは側室たちが席に着いていていた。

エフィニアがその場に足を踏み入れると、ちらちらと視線が突き刺さる。

(なんとなく、嫌な予感……まぁ、わかってはいたけれど)

そんな思いをおくびにも出さずに、エフィニアは素知らぬ顔で用意された席に着いた。

どうやら招待客はエフィニアで最後のようだ。

席が埋まったのを見計らったように、入り口の扉から一段と華やかな女性が姿を現した。

「皆さまお集まりのようですね、本日はわたくしのお茶会に出席してくださって感謝いたしますわ」

燃え盛る炎のように真っ赤な髪に、ツリ目がちな金色の瞳。

竜族らしく長身で、見事なプロポーションを惜しげもなく披露している。

顔立ちは華やかで、真っ赤な派手なドレスが嫌味なほど似合っていた。

間違いなく「妖艶《ようえん》な美女」という言葉がよく似合う、その場にいるだけで周囲の者をひれ伏させるようなオーラを纏《まと》う女性……。

（このお方が、ミセリア様……）

説明されなくたって、名乗らなくたってすぐにわかる。

彼女こそが最も皇后に近い側室、公爵令嬢ミセリアなのだろう。

ミセリアは集まった招待客に微笑み、エフィニアに目を留《と》めると意味深に笑った。

その視線に、エフィニアは思わずぞくりとしてしまう。

「エフィニア様、突然の誘いにもかかわらず、本日はお越しいただきありがとうございます」

「こちらこそ、お招きいただき感謝いたします。ミセリア様」

にっこり笑ってそう応じると、ミセリアは微笑みを返して静かに席に着いた。

（うっ、読めない……）

どうにも、彼女の意向が読めないのだ。

今のところ女官長やレオノールのように、わかりやすく敵意を向けてくるわけでもない。

何となく居心地の悪さを感じながら、エフィニアは身じろぎした。

お茶会はつつがなく進んでいく。

昨今の世界情勢や、はたまた最近流行《はや》りの美容法について。

ミセリアは巧みに話を振り、招待客たちは和やかに談笑している。

だがエフィニアは、決定的な違和感に気づいていた。

(……おかしい。誰も、あれほど話題になっている皇帝や寵姫の話を出さないなんて)

側室たちの話題の種は多岐にわたるが、まるで示し合わせたかのように、今一番ホットな話題であるはずの「皇帝の寵姫」に触れようとはしない。

(このまま何事もなく終わる……わけがないわね)

ある程度の覚悟はしておいた方がいいだろうと、エフィニアは静かに紅茶を流し込んだ。

やがて話が途切れたタイミングを見計らうようにして、ミセリアがエフィニアを見つめて口を開く。

「そういえばエフィニア様。先日、エフィニア様が皇帝陛下に呼ばれ、皇宮に赴かれたとお伺いしましたわ」

(来たっ……!)

エフィニアは小さく息を吸って、ミセリアと視線を合わせた。

ミセリアは相も変わらず、真意の読めない笑みを浮かべていた。

強く問い詰めるでもなく、彼女はエフィニアの出方を見ている。

その態度が少し不気味で、エフィニアは言葉を選んで口を開いた。

「わたくしは後宮に入る経緯が少々複雑でしたので。陛下も心配してくださっていたようです」

当たり障りのない答えを返すと、ミセリアはにっこりと笑った。

「えぇ、何の準備もなく後宮に入られて、エフィニア様は大変苦労されているとお伺いしておりますわ。陛下が心配なさって当然でしょう。……この後宮は、甘くない場所ですから」

ミセリアがぼそりと呟《つぶや》いた言葉に、集まった側室たちがびくりと身を竦《すく》ませた。

明らかに空気が変わったのを感じ、エフィニアは背筋を正す。

「誠に残念ながら、側室同士で足を引っ張り合うような動きが少なくありませんの。……ドミティア」

「はいっ！」

ミセリアに名を呼ばれ、彼女の近くに座っていた側室の一人が勢いよく返事をした。

「ラドミア様が後宮を去られたのはいつだったかしら」

「三ヵ月ほど前ですね。執拗《しつよう》な嫌がらせで心を病み、皇帝陛下の承諾を得て故郷へと戻られたと伺っております」

「そうね、ありがとう。……レナータ」

「は、はい！」

今度は、別の側室が震える声で返事をした。

「シャールカ様がいなくなられたのはいつだったかしら」

「半年ほど前です。何者かに毒を盛られたようで、喉をやられて……あぁ、あんなに綺麗《きれい》な声で歌われる方でしたのに……」

ミセリアと周囲の者たちは、何人もの「消えた側室」の名を挙げていく。

エフィニアはただ平然と、そのやり取りを聞いていた。

「ご理解いただけたかしら、エフィニア様。この後宮は綺麗な花園というだけではなく、少し足を踏み外せば奈落《ならく》へと落ちる恐ろしい場所ですの。わたくし、ずっとエフィニア様のことを心配しておりましたのよ」

ミセリアはわざとらしく悲しそうな表情で、うっそりと囁《ささや》く。

「どうでしょうか、エフィニア様。これからはもっとわたくしの傍《そば》にいらっしゃいな。わたくし、きっとエフィニア様をお守りして差し上げますわ。お住まいだって、わたくしの近くの邸に移られてはどうでしょう。……皇帝陛下の運命の番でいらっしゃるんですもの。エフィニア様が奏上《そうじょう》すれば、陛下もきっと承諾なさるでしょう」

ミセリアの金色の目がきらりと光る。

その視線を受けて、エフィニアはすっと目を細めた。

要は、単純な話なのだ。

ミセリアはこのように後ろ盾の弱い側室に誘いをかけ、応じれば自らの傘下に、応じなければ消えた側室たちのように潰してきたのだろう。

もしかしたら女官長の妨害も、彼女の差し金なのかもしれない。

そうやって追い詰めて、狩りを行うのが彼女の手法。

今も「自らの下につき、皇帝に口利きしろ」と言いたいのだ。

（ミセリア様の下につけば、きっと後宮での私の安全は保障される）

ミセリアは後宮の最大派閥の長。

周囲に侍《はべ》る側室のように、彼女の傘下に入るというのは身を護《まも》る有力な手段だ。

だが……。

「ご心配ありがとうございます、ミセリア様」

そう口にしたエフィニアの言葉に、ミセリアは満足げに微笑む。

だが次の瞬間、彼女の微笑みは凍り付いた。

「ですが、わたくしは今の屋敷が気に入っておりますの。ミセリア様のお誘いは大変ありがたいのですが、ご遠慮させていただきますわ」

一瞬にして笑みを凍らせたミセリアは、じっと金色の眼差《まなざ》しでエフィニアを見据える。

エフィニアも目をそらさず、まっすぐにミセリアを見つめ返した。

「……後悔しますわよ」

先ほどまでの友好的な態度は鳴りを潜《ひそ》めて、威圧を込めた低い声でミセリアがそう呟く。

「そうならないように努力しますわ」

エフィニアはにっこり笑ってそう返した。

ミセリアの傘下に入れば、エフィニアの安全は確保されるのかもしれない。

だが……。

（やり方が、気に入らないのよ……！　フィレンツィアの王女として、こんな危険人物に与《くみ》するわけにはいかないわ）

エフィニアにだって、王女としての矜持《きょうじ》がある。

簡単に他者を傷つけ追い払うような者に、頭《こうべ》を垂れるわけにはいかないのだ。

（それに、皇帝の恋路に協力するって言っちゃったしね）

ミセリアは皇后を目指している。

その為《ため》、例の寵姫などはまっさきに排除しなければならない存在だろう。

一途《いちず》な想いに身を焦がす皇帝と、汚い手を使ってでも皇后の座に昇り詰めようとするミセリア。

どちらを応援したいかと問われれば、皇帝の方に軍配があがるのだ。

（はぁ、どうせ今でも敵だらけなんだもの。今更よ）

凍り付くような視線でこちらを睨《にら》むミセリアに、エフィニアは内心でため息をついた。

◇◇◇

「えええぇぇぇ!!　ミセリア様を敵に回されたんですか⁉　なんて恐ろしい……」

「だって、気に入らないんだもの。ちょっと脅せば言うことを聞くと思ったら大間違いよ」

「ひえぇ……。今まで何人もの側室が、ミセリア様に睨まれて後宮を去ってるんですよぉ……。エ

フィニア様も、どんな目に遭うか――」

「仕掛けて来るなら迎え撃つだけよ。でも……イオネラ、あなたがそんなに不安なら逃げてもいいわよ」

ミセリアのお茶会での顚末《てんまつ》を伝え、これから何が起こるかわからないから逃げてもいいと伝えると、イオネラはぶるぶると震えながらも必死に首を横に振った。

「いいえ……！　このイオネラ、最後までエフィニア様にお供します！」

「……大げさね」

口では呆《あき》れたようなことを言いつつも、エフィニアは彼女の献身を嬉しく思っていた。

元々打算的に拾った侍女だったが、今の彼女はエフィニアにとってはなくてはならない右腕だ。

「……少し散歩に行きたいわ。お供をお願い」

「はい、喜んで！」

照れ隠しのようにそう呟き、エフィニアは気分転換をしようと外へ繰り出した。

後宮はそれ自体が小さな町のような作りになっており、中々後宮の外へと出られない側室のためにいくつもの散歩道が整備されている。

エフィニアがいつものようにぶらぶらと歩いていると、不意に通りがかった女性から声を掛けられた。

「あの……エフィニア様！」

声を掛けてきたのは、美しく着飾った女性だった。

見覚えはないが、おそらく側室の一人なのだろう。

もしやミセリアの刺客《しかく》だろうか……とこっそりイオネラに視線をやると、彼女は「大丈夫です」とでもいうように頷《うなず》く。

イオネラはいろいろ抜けているように見えて、ウサギの獣人らしく優れた聴覚を活かし、意外と諜報能力《ちょうほうのうりょく》には長《た》けている。

彼女が大丈夫だと判断した相手ならば、少なくとも今すぐの危険はないだろう。

「御機嫌よう、とても良い天気でお散歩日和ですね」

微笑んでお辞儀をすると、相手の側室も丁重な所作で礼を返す。

「初めまして、エフィニア様。わたくし、アドリアナと申します。エフィニア様と同じく、側室の一人ですわ。よろしければ、少しお茶でもいかがですか」

そうしてアドリアナは、エフィニアを近くのガーデンテーブルへと誘った。

エフィニアが席に着くと、アドリアナの侍女が素早く準備を整えてくれる。

その間に、アドリアナは自らの身の上について話してくれた。

彼女は妖鳥族という種族が住む小国の王女で、政治的な理由でこの後宮に入ったのだという。

どことなく自分と立場が似ていて、エフィニアはシンパシーを感じた。

「いままではずっと息をひそめて暮らしてきたのですが、少し前に、その……ミセリア様に目を付けられてしまいまして……」

「……なるほど」

エフィニアと同じくミセリアの危うさを感じ取った彼女は、ミセリアの派閥には入らずに逃げたのだという。

すると、ミセリアの一派から嫌がらせを受けるようになったそうだ。

「私は、恐ろしくてミセリア様に逆らおうとする気すら起こりませんでした。だから……エフィニア様の武勇伝を聞いて、なんて勇気あるお方がいらっしゃったのかと感激いたしました！」

「…………ん？」

「ミセリア様の派閥の方に囲まれながらも、啖呵《たんか》を切って正々堂々と立ち向かわれたのでしょう？今後宮は、エフィニア様のお話で持ちきりですわ！」

エフィニアはティーカップを手にしたまま固まってしまった。

（……ちょっと待って。まだあのお茶会を切り抜けてからそんなに時間は経《た》ってないわよね？　なのに、こんなに短時間でとんでもない噂が出回ってるの⁉）

エフィニアはただ、ミセリアのやり方には賛同できないと派閥入りを拒んだだけだ。

それが何故、「啖呵を切って正々堂々と立ち向かった」ことになっているのか……！

（後宮の噂の広まり方を甘く見てたわ……！）

娯楽に乏しい後宮では、噂の広まり方と尾ひれの付き方がとんでもないとイオネラが教えてくれたことがある。

自分が渦中《かちゅう》の人物となって初めて、エフィニアはその恐ろしさを実感したのである。

「表向きに逆らうことはできませんが、ミセリア様のやり方に反発する側室は多数存在します。そんな我々にとって、エフィニア様はまさに希望の星ですわ！」

キラキラと瞳を輝かせてそう熱弁するアドリアナに、エフィニアはただ引きつった笑みを浮かべることしかできなかった。

皇帝グレンディルの「運命の番」であり、ミセリアの誘いをきっぱり断ったエフィニアは……いつの間にか反ミセリア派の旗印《はたじるし》に祭り上げられていたらしい。

アドリアナが話を広めたのか、あれ以来エフィニアの屋敷には次々と、どこの派閥にも属さない立場の弱い側室が訪れるようになっていた。

「エフィニア様、お会いできて光栄ですっ！」

「わたくし、やはり皇后の座にふさわしいのは皇帝陛下の『運命の番』でいらっしゃるエフィニア様しかいないと思うのです！」

（やめてえぇぇぇぇ……！！）

彼女たちはエフィニアが皇帝が寵愛する妃《きさき》であり、すぐにミセリアを打ち破って皇后の座に就くと信じ切っているのだ。

（皇帝からは別の寵姫の盾としか思われてないし、そもそも私は皇后になるつもりなんてまったくないんですけど？？）

……と叫びたいのを堪えつつ、エフィニアはその話になるとにこにこ笑って話題を逸《そ》らしていた。

彼女たちの希望を打ち砕くのは気が引けるし、何よりこの中にミセリア派のスパイがいないとも限らない。

あまり手の内は明かしたくないのだ。

それに、多少なりともエフィニアにメリットはあった。

他の側室と交流するようになると、やはり入ってくる情報の量は格段に増えるのだ。

この後宮についての情報も、後宮の外の情報も、だ。

「わたくし、カレーなる料理は帝国を訪れて初めて口にしましたの。最初は驚きましたが、今ではやみつきですわ」

「わたくしはお菓子の種類の豊富さに驚かされましたわ。今後故郷へ帰ることがあったら物足りなく感じてしまいそうで……」

今日の話題は、マグナ帝国の食文化についてだ。

膨大な領土を誇り、数多《あまた》の国々を従属させている大帝国。

特にここ帝都は大陸最大の都市であり、様々な国や種族の文化が集う場所となっている。

きゃっきゃとはしゃぐ側室たちの話を聞きながら、エフィニアはまだ見ぬグルメに思いを馳《は》せるのだった。

「後宮の料理にも様々な国のメニューが取り入れられているようですが、帝都のグルメはもっと奥が深いのですね……。わたくしも味わってみたいものですわ」

しみじみとそう口にすると、一人の側室がにっこりと笑う。

「エフィニア様、お取り寄せを使えば後宮にいながら外の料理を味わうことが可能ですのよ」

「お取り寄せ？」

「ええ、カタログを差し上げますわ」

何でも後宮には決まった日に外から商人が訪れ、側室たちがショッピングを楽しむのだという。

事前にカタログにある品を注文しておけば、商人が取り寄せてくれるのだとか。

「出来上がった料理を取り寄せたり、場合によっては料理人が派遣されて目の前で調理をしてくれることもありますのよ」

「わたくし、もう何種類ものカレーを食べ比べておりますの。最近ではどのスパイスを使っているのかも当てられるようになりましたのよ」

楽しそうにお勧め料理を挙げていく側室たちに、エフィニアの気分は一気に上昇した。

（そんな楽しいサービスがあるなんて、知らなかったわ……）

どうせ例によって例のごとく、あの女官長がわざとエフィニアに教えなかったのだろう。

これからはもっと充実した後宮ライフが……と貰《もら》ったカタログに目を通した途端、エフィニアは目が飛び出そうになってしまった。

（高っ！）

カタログに記されていたのは、とんでもない高価な値段の品々ばかりだったのだ。

……考えてみればおかしなことではない。

この後宮で暮らすのは、各国の王族や高位貴族の姫君ばかり。

ふんだんにお小遣いが使えるわけである。

それをいえばエフィニアも一国の王女なのであるが……少なくとも湯水のように金が使えるよう

な立場ではないのだ。

「あ、ありがとうございます……。いろいろ検討してみますね」

カタログをくれた側室に礼を言って、エフィニアはなんとか引きつった笑みを浮かべた。

◇◇◇

「はぁ、私もカレーとかいろんなお菓子とか食べたい……」

遊びに来ていた側室たちがいなくなり、屋敷の奥に引っ込んだエフィニアは眉を寄せながらカタログとにらめっこしていた。

値段はとんでもないが、確かに掲載されている商品は魅力的だ。

他の側室のようにお取り寄せサービスを利用できれば、ますますエフィニアの後宮ライフは向上するだろうが……。

(私、お金ないんだよね！)

元々皇帝に挨拶にやってきたら、そのまま何の準備もなく後宮に放り込まれたのである。

一緒についてきてくれた従者たちは後宮に連れていくことを許されず、今頃慌ててフィレンツィア王国にことの顛末《てんまつ》を報告に行っていることだろう。

つまり、今のエフィニアは一文無しなのである。

フィレンツィア王国は大陸の隅の隅に位置し、準備が整って祖国からの支援が受けられるのはもっとずっと後になるだろう。

それに……。

（フィレンツィア王国に、そんなお金があるわけないのよ‼）

フィレンツィア王国は大陸の片隅の、深い森の中に位置する小国だ。

竜族が攻めてきて帝国の属国となるまでは、ろくに他の国との交流もなかったガラパゴス国家なのである。

元々妖精族は自給自足を基本とし、慎《つつ》ましく暮らしている種族だ。

帝国の傘下に入るまで通貨はドングリを使用しており、今でも庶民は物々交換が主流だ。

そんな状態なので、もちろんフィレンツィア王国に莫大《ばくだい》な資産などあるはずがない。

たとえ祖国の援助が受けられたとしても、エフィニアが他の側室のようにふんだんに金を使うのは難しいだろう。

（何とかお金を手に入れる手段はないかしら……あ、そういえば前にお兄様が――）

妖精族はのほほんとした性格で、特に現状に不満を持っていない者が多いが、エフィニアの兄の一人は珍しく先進的な考えの持ち主だった。

もっと諸外国との貿易を活性化させるために、目玉となる輸出品の研究を進めていたのである。

エフィニアも彼の研究を手伝い、輸出品となる商品の開発に勤《いそ》しんでいた。

（そうだわ。ここで、あれを再現出来れば……）

エフィニアの脳裏に、兄の言葉が蘇《よみがえ》る。

――『いいかい、エフィニア。僕たち妖精族は他の種族と比べて成長が遅く、王国の外に出れば侮られることも多いだろう。でも、僕は逆にその特色を逆手に取ってやろうと思っているんだ。つまり……アンチエイジングを前面に押し出して、美容ブランドを設立するんだ！』

そう熱弁していた兄は、日々化粧品やサプリメントの開発に精を出していた。

エフィニアは勢いよくソファから立ち上がり、手紙を書く準備を始める。

（まずはお兄様に状況をお伝えして、私の方でもいくつか商品を作ってみるべきね。後は後宮に出入りする商人にコンタクトを取って……忙しくなるわ！）

わくわくと期待に胸を弾ませながら、エフィニアは準備を進めるのだった。

「おいで……〈アルラウネ〉」

温室にやって来たエフィニアは、植物の生育を司《つかさど》る精霊――アルラウネを呼び出す。

背中に花の咲いたハリネズミのような姿をしたアルラウネは、つぶらな瞳をエフィニアの方に向けて嬉しそうに鳴いた。

『きゅいきゅい！』

わらわらと集まって来たアルラウネを撫《な》でながら、エフィニアは微笑んで指示を出す。

「この温室を、立派な薬草園に変えたいの。お願いできるかしら」

『ピィ！』

心得た、とばかりに力強く鳴いたアルラウネは、フォーメーションを組むようにわらわらと散っていく。

そして配置につくと、独特のステップで踊り始めた。

『ピィ！　ピピピピ‼』

ハリネズミがお尻をフリフリして踊るたびに、背中に咲いた花からポーンと種が飛び出す。

飛び出した種は地面に落ち、アルラウネの踊りに合わせて信じられないほどのスピードで発芽した。

更には茎をのばし葉を茂らせ……花を咲かせる。

アルラウネが可愛らしく踊るたびに、温室は見事な薬草園へと近づいていくのだ。

（さすがはアルラウネ。無人島に連れていきたい精霊ナンバー1《ワン》の座は伊達《だて》じゃないわ！）

昔祖国で取ったアンケート結果を思い出しながら、エフィニアはイオネラに焼いてもらったクッキーを勢いよくばらまいた。

「はい！　もう少し頑張って‼」

『ピィ！』

ハリネズミたちはわらわらとクッキーに集まり、しゃくしゃくと食べるとまた踊りを再開する。

精霊を使役するのには、精霊と信頼関係を築くのが最も重要になってくる。

エフィニアはお菓子を作り、分け与えることで、見事に精霊たちの懐柔に成功していた。

「さぁ、あと一息よ！」

今や温室は、緑の海のように青々と薬草が茂っている。

アルラウネがくるりとターンを決めると、ぽぽぽん！　と次々に花が咲いた。

「よし、これだけあれば大丈夫そうね！」

アルラウネたちにお礼のクッキーを振る舞って、エフィニアは満足げに頷いた。

◇◇◇

アルラウネのおかげで活性化した薬草園からいくつかの薬草を摘み取り、いよいよエフィニアは商品開発に着手し始めた。

兄の開発を手伝っていたので、大まかなレシピは頭の中に入っているのだ。

「カレンデュラやカモミールは肌荒れ防止効果があるから……化粧水にできるわね。来て、〈サラマンダー〉、〈ウンディーネ〉」

エフィニアの呼びかけに応えて、二体の精霊が現れる。

『ムゥ〜』

ムササビのような姿をした精霊——サラマンダーと、

『ピキュウ』

ペンギンのような姿をした精霊——ウンディーネだ。

サラマンダーは嬉しそうに周囲を飛び回り、ウンディーネはよちよちと可愛らしい足取りでエフィニアの元まで歩いてきた。

「来てくれてありがとう、二人とも。……サラマンダー、この花びらを乾燥させて欲しいの。頼めるかしら」

後ろ手に作ったばかりのビスケットをちらつかせながらそう頼むと、あちこちを飛び回っていたサラマンダーはひゅう、とエフィニアの元までやって来た。

『ムム～！』

毛を逆立てながら、サラマンダーが唸《うな》り声をあげる。

すると、エフィニアが用意していたカレンデュラとカモミールの花びらは、瞬く間にカラカラに乾燥した。

サラマンダーは火を司る精霊だ。

力の使い方次第では、このようなこともできるのである。

「ありがと、助かったわ。後は……」

用意した瓶に乾燥された花びらを投入し、イオネラに用意してもらった蒸留酒を注いでいく。

そして、「自分の出番はまだか」とそわそわしながら作業を見守っていたウンディーネに声を掛ける。

「ウンディーネ、あなたの力で超純水を作って欲しいの。出来るかしら？」

『ピキュイ！』

ウンディーネはパタパタと羽を動かし、トタトタと瓶の傍へと近づいた。

『ピキュ～』

必死に羽をパタパタさせながら唸るウンディーネの目の前に、ゆらりと透き通った水の塊が出現する。

『キュイ！』

ウンディーネが大きく羽を広げると、水の塊はちゃぽん、と瓶の中に落ちた。

ウンディーネが作り出したのは、超純水――限りなく純度の高く穢《けが》れの無い水だ。

更にウンディーネが精製した超純水には、強い浄化作用もある。

化粧水に用いれば、不純物を浄化してお肌をしっとりつるつるに保ってくれるのだ！……と兄が熱弁していたのをエフィニアは思い出す。

（効果は間違いないのよね。売り方を工夫すれば……売れるはず！）

ここは後宮。身分の高い女性が集まる場所だ。

エフィニアのように政治的に後宮に入り、別に皇帝の寵愛など欲していない者もいるだろうが……誰だって多少なりとも美容に興味はあるだろう。

（側室用の高級品と……侍女や女官用の価格を抑えた物も用意しようかしら）

わくわくと展望を思い描きながら、エフィニアは次の商品の再現へと着手するのだった。

◇◇◇

試行錯誤の結果、いくつかの商品が出来上がった。

疲れを癒《いや》すスミレワイン、睡眠不足を解消するラベンダーオイル、リンデンフラワーの美顔パック、種々の効能を持つハーブティー……。
どれも、精霊の加護を受けた自信作だ。

本日は後宮へ商人がやって来る日である。

後宮に足を踏み入れることができるのは、優れた実績を誇り厳正な審査を通り抜けた選《え》りすぐりの商会のみ。

現在は、アラネア商会という帝国でも随一の商会が出入りしているのだという。

イオネラを遣いに出し、既に商談のための面会の約束を取り付けてある。

「おぉ、これはこれは……なんとも愛らしい姫君ですな。さすがはグレンディル皇帝陛下の番様と言うべきでしょうか」

やって来た商人は、おそらくエフィニアに気を遣ってお世辞のつもりでそう言ったのだろう。

だがその言葉は、逆にエフィニアの神経を逆なでした。

(肝心の皇帝陛下は「あんな子どもみたいなのは心外だ」って仰《おっしゃ》ってましたけどね！)

何とか気持ちを落ち着け、エフィニアはにっこりと愛らしい笑みを浮かべて見せる。

「無理を言ってお越しいただき感謝いたします」

「我々アラネア商会は常に後宮の皆さまにご所望の品をお届けしております。番様も何でも仰ってください」

一国の王女で、皇帝の運命の番。

きっとこのアラネア商会の商人は、エフィニアのことをさぞや良い金ヅルになると期待しているのだろう。

……実際は、ほとんど一文無しに近い状態なのだが。

（葱《ねぎ》を背負った鴨《かも》にはなれないかもしれないけど、金の卵を産む鶏だと思わせれば……！）

「実は本日は、アラネア商会にご相談がありますの。わたくしの故郷のフィレンツィア王国のことはご存じかしら？」

「ええ、妖精族の方々が暮らしていらっしゃる神秘の王国だと伺っております。我々も何とかフィレンツィア王国と交易《こうえき》を開始したいと思っているのですが、中々糸口が摑《つか》めず残念です」

（来たっ……！）

会話の流れがいい方向に向いてきたのを感じ取り、エフィニアは内心で気合を入れた。

帝国にはアラネア商会の他にも、いくつもの商会が存在すると聞いている。

少しでもライバルに差をつけようと、彼らは日々商機を探っているらしい。

特に昨今では、今まで交流の無かった地域といち早く交易を始め、異文化を輸入し商機を摑むか……という勝負になっているようだ。

（きっと妖精族の文化に興味を持つ商会は多い。でも、さすがにフィレンツィア王国が遠すぎてコストを考えると足が踏み出せないのよね。そこを、苦労してでも交易を始める価値があると思わせれば……！）

焦りすぎてはいけない。

交渉の場では、いかにはったりを利かせ、自分に有利に進めるかが勝負の分かれ目だ。

エフィニアは平静を装い、何でもないことのように口にした。

「実は我々フィレンツィアの民も、そろそろ本格的に外界との交易を進めていきたいと考えておりますの。我々妖精族は、精霊の力を借りて日々の暮らしを営んでおります。王国では精霊の力の宿った品が当たり前に並んでおりまして……ここへ来て、それが一般的ではないことを初めて知って驚きましたわ。いくつか帝都の品も使ってみたのですが、どうもわたくしには合わないようで……」

さらりと艶《あで》やかな桜色の髪をなびかせながら、エフィニアはもったいぶるように話し続ける。

「それで、自分で同じようなものを作ってみましたの」

ここでイオネラに視線をやると、打ち合わせ通りに彼女がエフィニアの用意した美容用品を運んでくる。

その瞬間、商人の目つきが変わった。

あれは、目利きの視線だ。

彼にとってのエフィニアは金ヅル候補から、金鉱候補へと変わり始めているのかもしれない。

「フィレンツィア王国の外界との交易開始の足掛かりになれば……と思いまして、こちらの品を販売することも考えておりますの。よろしければ、取り扱ってくださる商会をご紹介いただけないかしら」

「あなたのところで取り扱ってもらえないか」ではなく「取り扱ってくれる商会を紹介してもらえないか」としたのは、少しでも好条件を引き出すためだ。

下手な条件を出して来たら、他にも取引先はある、と突っぱねてやるつもりなのである。

にこにこと笑うエフィニアに、商人は慎重な手つきでエフィニアの用意した商品を手に取った。

「……使い心地や効能などを、少々確認させていただいてもよろしいでしょうか」

「ええ、よろしくってよ」

次の商談の日取りを決め、エフィニアは試供品を渡した商人を見送った。

「さて、どう出るかしらね」

兄王子や彼と一緒に開発に勤しむ故郷の者の為にも、少しでも好条件を引き出せるとよいのだが。

そんなことを考えながら、エフィニアは小さくため息をついた。


果たして商人は、約束した日取りよりもずっと早くにやって来た。

……アラネア商会の、長を連れて。

「お初にお目にかかります、エフィニア王女殿下。私はアラネア商会の長、ザカリアスと申します」

跪《ひざまず》く大柄の男に、エフィニアは慌てて礼をとる。

「お会いできて光栄ですわ、ザカリアス殿」

目の前の男からは、珍しく初対面でもエフィニアを侮るような態度は見られない。

(百戦錬磨《ひゃくせんれんま》の商会の長……さすがに相手への礼儀は持ち合わせているようね)

彼はエフィニアを、対等な商談相手とみなしてくれているのだろう。

エフィニアも敬意を込めて礼を返し、彼を屋敷の中へと招き入れた。

「早速ですがエフィニア様、先日ご提供いただきました品ですが……素晴らしいものでした！　私の妻も使わせていただいたのですが、大喜びでしてな！　是が非でも流通ルートに乗せるようにと太鼓判《たいこばん》を押していましたよ」

「まぁ、ありがたいわ！」

（よかったぁ……ひとまず需要はありそうね）

だがまだ気を抜いてはいけない。

相手は口の上手い商人だ。

あまり提示する条件が悪いようならば、他の商会とコンタクトをとることも考えなくてはならないだろう。

穏やかな微笑みを浮かべながらも、エフィニアは内心緊張していた。

そんなエフィニアに、ザカリアスは書類を取り出しエフィニアに見せてくれる。

「まずはこちらの化粧水ですが、我々とライセンス契約を結んでいただける場合、締結時にこれだけのお支払いを約束しましょう」

どれどれ……と書面に視線を落としたエフィニアは、そこに記されていた金額に驚愕《きょうがく》した。

（高っ！）

ザカリアスが提示した金額は、実にエフィニアの予測の十倍ほどの金額だったのだ。

（えっ、なにこれ。私をからかってる……わけじゃないわよね？　これだけあれば、毎日三食特製カレーだって食べられるじゃない！）

「スパイスが病みつきになるんですのよ～」と熱弁する側室の顔が蘇り、エフィニアは思わずごくりと唾を飲み込んだ。

だが、ここで動揺した態度を見せたりはできない。

エフィニアは平静を装い、「当然ですわ」とでもいうように微笑んでみせる。

「もちろん、実際に販売する段階になりましたら利益のうちこれだけの割合をお支払いいたします。先日お伺いさせていただいた者から話を聞いたところ、姫の故郷であらせられるフィレンツィア王国も本格的に外との交易を考えていらっしゃるとのことで……是非我々は全面的にご支援いたします。つきましては、詳しくお話を聞かせていただけないでしょうか」

前のめりにそうまくしたてるザカリアスに、エフィニアはぽかんとしてしまった。

どうやら思った以上に、妖精族の叡智《えいち》の結晶である美容品は、金の卵だと思われているようだ。

（まぁ……私にとっては悪い話じゃないわ）

相手は帝国皇室御用達《ごようたし》の大商会だ。

商談相手としては、これ以上ないだろう。

（お兄様、忙しくなりそうよ……）

商談がまとまったら、また兄に連絡しなければ。

故郷で狂喜乱舞する兄の姿を想像しながら、エフィニアはくすりと笑った。

◇◇◇

「わたくし、先日初めてパエリアという料理を頂きましたの。海の幸というのはとても美味《おい》しいのですね」

反ミセリア派のお茶会にて、エフィニアは優雅にそう告げた。

その途端、集まった側室たちはわっと色めき立つ。

「わたくしもここにきて初めて海鮮料理を頂きましたの。素敵ですよね……」

「エフィニア様は海の幸もいける口でしたのね！　わたくしのお勧めは――」

「今度は深海料理などいかがですか？　人魚族の運営するお勧めのお店を紹介しますよ！」

アラネア商会よりライセンス料を稼いだエフィニアは、念願のお取り寄せ料理を口にすることができるようになった。

森に囲まれたフィレンツィア王国では食べることができなかった、本格的な海鮮料理にも挑戦してみたのである。

初めはおそるおそる口にしたが、エフィニアはその美味に大変満足したのである。

そんなエフィニアに、人魚族の側室は嬉しそうに続ける。

「わたくしも初めて陸に上がった時は何もかもに驚いたものですわ。特に帝都のグルメ通りは美味しそうな物ばかりで……後宮に入る前に太りすぎるなって従者に注意されてしまったんです」

恥ずかしそうに告げた言葉に、集まった側室から笑い声が上がる。

同調するように笑いながらも、エフィニアの心は後宮の外へと飛びかけていた。

（そういえば、帝都観光……できなかったわ）

元々は成人を迎えた挨拶に皇帝と謁見し、それが終わったら存分に帝都観光を満喫する予定だったのだ。

田舎育ちのエフィニアはそれはそれは大都会の観光を楽しみにしていた。

色々下調べもしていたのだが、結局は無駄になってしまった。

（勝手に後宮の外には……出られないわよね）

一度後宮に入った側室は、二度と外へ出ることは許されない……というわけではないが、そう簡単にほいほい出ることもできないのだ。

まずは、皇帝の許可がいる。

更に皇帝に外出許可を申請する前に、いくつもの準備を整えなければならないのだ。

同行する従者を何人もそろえ、側室の親族の許可も取り、後宮の外に出るのにふさわしい大義名分が必要となる。

親族は遠く離れた故郷で、イオネラ以外の従者もなく、ただ「帝都観光を満喫したい」だけのエフィニアが後宮の外へ出ることなど、夢のまた夢なのだ。

「どうかなさいましたか、エフィニア様？」

「い、いいえ、何でもないわ」

仕方がないことだと自分に言い聞かせつつも、エフィニアは帝都観光の夢を諦めきれないのだった。

◇◇◇

「あっ、いらっしゃい！　一緒におやつを食べない？」

「きゅう！」

コツコツ、と窓が鳴り、エフィニアは勢いよく窓を開け放す。

すると、開け放した窓からするりと黒い幼竜が室内へと入り込んできた。

じゃれついてきた幼竜を抱き上げながら、エフィニアはじっと幼竜の金色の瞳を見つめる。

「……そろそろ、あなたの名前を知りたいわ。教えてくれない？」

「きゅーう！」

幼竜がふるふると首を横に振ったので、エフィニアは首を傾《かし》げた。

「もしかして、名前がないの？」

「くぅ」

「じゃあ、私がつけちゃっても大丈夫？」

「くるるぅ！」

もしかして、竜族は飼っている竜には名前を付けないのだろうか。

なんにせよ、ここにいる間エフィニアが名前を付けて呼ぶくらいは問題ないだろう。

「そうね、じゃあ……クロちゃん！」

いささか単純かとは思ったが、わかりやすさが一番だ。

幼竜が気に入るかどうかが不安だったが、幼竜は嬉しそうに「きゅう」と鳴いて尻尾をパタパタと振っていた。

「気に入ってくれたのね！　よかった……おいで、クロちゃん」

幼竜――クロを抱いたまま、エフィニアはテーブルに着く。

ちょうどティータイムの準備を進めていたイオネラが、すぐに場を整えてくれた。

「今日はお取り寄せしたばかりのフィナンシェでーす！　帝都にある本店ではいつも行列がすごいんですよ！」

「本店ね……行ってみたいものだわ」

少し沈んだ声でそう呟いたエフィニアに、幼竜クロは「きゅう？」とエフィニアを見上げた。

エフィニアはそんな幼竜に微笑みかけながらも、ついつい愚痴をこぼしてしまう。

「あなたはいいわね……自由にどこまでも飛んでいけて。私にも自由に飛べる翼があれば………帝都グルメ街観光を満喫するのにぃぃぃぃぃ!!」

ぷんぷんと憤慨するエフィニアに、幼竜は不思議そうに首をかしげている。

そんな一人と一匹を見て、イオネラはくすりと笑った。

「クロちゃんがもっと大きくなったら、エフィニア様を乗せて飛んでくれるかもしれませんね」

「そうね……クロ。いつか私を、後宮の外に連れて行ってくれる？」

そう語りかけると、幼竜クロは大きく頷いた。

そんな健気《けなげ》な幼竜の頭を撫で、エフィニアは手ずからフィナンシェを食べさせてやる。

くるくると嬉しそうに喉を鳴らす幼竜に、エフィニアは目を細めた。

◇◇◇

「……クラヴィス。帝都グルメ街とは何だ？」

皇宮に戻り、幼竜クロへの変化を解いた皇帝グレンディルは、執務室でダラダラしていた側近――クラヴィスに問いかける。

するとクラヴィスは、呆れたような視線を向けてきた。

「お前そんなことも知らねぇのかよ。グルメ街といえば、帝都の観光名所の一つだぞ。自国のアピールポイントくらい頭に入れとけよ」

「それで、どういう場所なんだ」

「大陸中から多種多様な料理店が出店してる、名前通りのグルメ街だな」

クラヴィスが投げてよこした雑誌をキャッチし、グレンディルはパラパラとページをめくる。

なるほど、確かに「必見！　帝都グルメ街おすすめ名店トップ10」などと題し、様々な店や料理の紹介が載せられていた。

「エフィニア王女は、ここに行きたいのか……」

「え、マジ？　あの王女様が？」

「あぁ、空に羽ばたく翼があれば帝都グルメ街まで飛んでいくと言っていた」

「へぇ～、ちょうどいいじゃん。デートにでも誘ってみろよ」

軽い気持ちでそう口にした途端、グレンディルは大きくせき込んだ。

その拍子に小さくブレスが吐かれ、雑誌は黒焦げになってしまった。

「デ、デートだと⁉　俺が、エフィニア王女と！！？」

「エフィニア王女はグルメ街に行きたがってんだろ。お前が連れってってやれば好感度も上がりそうじゃん」

「む……」

なるほど。くだらないことばかり口にするクラヴィスだが、今回ばかりは一理あるかもしれない。

――「そうね……クロ。いつか私を、後宮の外に連れて行ってくれる？」

どこか切なげに呟いた、エフィニアの言葉が蘇る。

彼女は、後宮の外――具体的にはグルメ街に出ることを切実に望んでいる。

……だったら、「いつか」なんて待たなくていい。

彼女の小さな手を取って、グレンディルが後宮の外へと連れ出してやろうではないか。

「いいか、これは視察だ。決してデートなどという浮ついた行為ではない」

「はいはい」

にやにや笑うクラヴィスから視線を逸らしつつ、グレンディルは羽ペンを手に取り、文をしたため始めた。

◇◇◇

「お早《はよ》うございます、エフィニア王女。またしても、グレンディル陛下より封書が届いております」

またもや朝っぱらから青筋《あおすじ》を立てて現れた女官長に、対応したエフィニアの方がげんなりしてしまった。

（まったく……またしても何なのよ。あの皇帝はまた私を盾にしようとしてるのかしら？）

正直に言えば面倒極まりないが、彼の恋路に協力すると言ってしまったのだ。

相手は皇帝ということもあり、ガン無視するわけにもいかないだろう。

エフィニアは仕方なく、女官長から封書を受け取った。

（どうせまた本命の目くらましのための食事会でもって……え⁉）

見慣れた食事会の誘いだと思い封書を開けたエフィニアは、中に記されていた文章に目を丸くした。

そこに記されていたのは、エフィニアの想定とはまったく異なる言葉だったのだ。

秘密裏の視察を行うので、カモフラージュの一環でエフィニアの同行を希望する。

視察場所は……帝都グルメ街！

（えっ、嘘《うそ》……そんな、どうして……⁉）

目の前の文章が信じられずに、エフィニアは何度も文に視線を走らせた。

だが間違いなく、そう書いてあるのだ。

（皇帝が視察に私の同行を求めているの？　これも本命の寵姫から目を逸らそうとする活動の一環なの？？　そもそも、グルメ街を視察ってどういうこと⁉）

疑問はいろいろある。

だがエフィニアは……長年焦がれていたグルメ街の魅力には抗《あらが》えなかった。

「このお話、お受けいたしますと皇帝陛下にお伝えいただけるかしら」

そう返事をした瞬間、女官長はこれまでになく悔しそうに表情を歪《ゆが》めた。

その表情にスカッとしながらも、エフィニアはどきどきと胸の高鳴りを感じていた。

（やっと……あの憧れのグルメ街へ行けるのね……！）

視察という名目も忘れかけるほど、エフィニアの心は既に名高い帝都グルメ街へと飛んで行ってしまったのであった。

5　妖精王女、竜皇陛下と城下町を練り歩く

Unmei no tsugai

約束の日、エフィニアはイオネラを連れて迎えに来た馬車に乗り込んだ。

今日はお忍びの視察ということで、身に纏《まと》うのはドレスではなくイオネラに借りたワンピースである。

イオネラも竜族に比べれば小柄であるが、エフィニアは更に小さい。ひざ丈《たけ》のワンピースは足首の辺りまで届いているし、袖《そで》もかなり詰めなくてはならなかった。

多少不格好にはなってしまうが、お忍びなのだから仕方ない。

「うふふ、こうしてみると妹に服を着せてやってたことを思い出します。うちって貧乏で、兄や姉たちの服をみんなお下がりで着まわしてたんですよ」

「……そう、大変だったのね」

やたらと楽しそうなイオネラの声を聞きながらも、エフィニアもワクワクとした期待感を胸に秘めていた。

なんにせよ、憧れの帝都グルメ街へ行くのである。

何故《なぜ》皇帝がそんなところへ用があるのかはわからないが、連れて行ってくれるのだから存分に楽しまなくては。

馬車は皇宮ではなく、目立たない場所にある裏門へと向かっている。

そこで、皇帝グレンディルと合流する手筈《てはず》になっているのだ。

ほとんどひとけのない裏門までたどり着くと、既にグレンディルはそこにいた。

「今日は面倒に付き合わせて悪いな、エフィニア姫」

本日の彼が身に纏うのは、威圧感を纏う皇帝の装束……ではなく、ラフな平服だった。

彼のそんな姿を見るのは初めてなので、エフィニアは少し驚いてしまう。

「お誘いいただき感謝いたします、皇帝陛下。しかし何故、視察にわたくしを？」

「いや……本日視察に向かう場所には、むさくるしい男ばかりで向かっては不審がられる場所もある。姫が適任だ」

（だったら例の寵姫《ちょうき》やミセリア様でもいいのではないかしら？　他に皇宮の女官だっているのだし……それとも、他に何か理由があるのかしら）

エフィニアが適任だというからには、きっとそれなりの理由があるのだろう。

きっと皇帝には皇帝なりの考えがあるのだろうと自分を納得させ、エフィニアは頷《うなず》いた。

すると、今度は皇帝の傍《そば》に控えていた側近らしき男がしゃしゃりでてくる。

「どうも～、グレンディル陛下の側近のクラヴィスで～す。姫には前に一度お目にかかってるんだけど、覚えていらっしゃいます？」

「……ええ、よく覚えておりますわ」

もちろん、忘れるわけがない。

この軽薄そうな男――クラヴィスは、皇帝グレンディルが「あんな子どもみたいなのが俺の番だとは心外だ」と言い放った時に、傍に居た人物だ。

その時のことを思い出し、少しムスッとしながらも、エフィニアは優雅に礼をして見せる。

「本日はよろしくお願いいたします、クラヴィス殿。こちらは同行させていただく、わたくしの侍女のイオネラと申します」

傍らに控えるイオネラを紹介すると、クラヴィスはへらりと軽薄な笑みを浮かべた。

「よろしく～うさちゃん。長い耳が美味《おい》しそうで可愛《かわい》いね！」

「ヒィッ！」

冗談か本気かわからないクラヴィスの言葉に、イオネラは竦《すく》みあがりウサギ耳がピン、と伸びた。

「あはは、冗談だって。今日はよろしくな！　その服も似合ってるよ」

「は、はい……」

（まったく、竜族の冗談は笑えないわ……）

エフィニアは内心でため息をつき、その場に沈黙が落ちる。

五秒、十秒……。

黙り込むグレンディルとクラヴィスに、エフィニアは内心で首を傾《かし》げた。

（……？　視察に行くなら早く行けばいいのに。他にどなたか待っているのかしら？）

よく見れば、クラヴィスが意味ありげにちらちらグレンディルに視線を送っている。

グレンディルはやっとその視線に気づいたようで、意味ありげに咳《せき》ばらいをした。

「エフィニア姫」

「……はい」

重々しく呼びかけられ、エフィニアは反射的に背筋を正す。

何か重要な話でもあるのかと思いきや――。

「姫の、今日の装いは……まるで妖精のように愛らしいな」

「ぅあ⁉」

皇帝の口から出てきた褒め言葉に、エフィニアは仰天してしまった。

(この人も社交辞令とか言えたのね……まるで妖精のようにというか、こちらは本物の妖精族なんですけど……)

尊大で偉そうで、愛する寵姫以外には情けを決してかけず、無慈悲で冷血な皇帝……。

そんな彼が素直に(？)エフィニアを褒めるとは……意外にもほどがある。

想定外の展開に、エフィニアは早くも調子を狂わされそうになってしまった。

戸惑うエフィニアを見て、クラヴィスがにやつきながら口を挟んできた。

「ほんとかわいーよな！　陛下とエフィニア姫が二人並んで歩いてたら、まさにパパ活……じゃなくて！　お似合いお似合い‼　さぁ出発しましょうや！」

どこか慌てた様子のクラヴィスに、目立たない馬車に乗り換えるように促され、釈然としない思いを抱えながらもエフィニアは従った。

(ん？　……そういえば今、ものすごく失礼な言葉を聞いたような……)

少し引っかかりを覚えたエフィニアだったが、馬車に乗り込んだ途端クラヴィスが弾丸のように話し始めたので、結局意識を逸《そ》らされてしまったのだった。

静かに王宮を出た馬車は、ガタゴトと大通りを進んでいく。

平静を装いつつも、エフィニアはちらちらと窓の外へと視線をやらずにはいられなかった。

（さすがは帝都――大陸一の都市ね。フィレンツィアとは、大違い……）

馬車の外に広がる景色は、見慣れた故郷とはまったく違っていた。

整然と石畳が敷かれ、余裕で馬車がすれ違える広さを持つ道など、フィレンツィアにはほとんど存在しなかった。

馬車の外の大通りを行き交うのは、竜族を始めとして多種多様な種族。

大通りの左右に立ち並ぶ建物も、故郷の町ではお目にかかれない重厚で立派な物ばかりだ。

さすがは大陸中から人が集まる大都市。その規模の大きさに、エフィニアは今一度圧倒されてしまう。

そんな風に窓の外に釘付《くぎづ》けになるエフィニアを、グレンディルはじっと見つめていた。

帝都の商業区画へたどり着き、ゆっくりと馬車が止まる。

グレンディルは慣れた足取りで素早く馬車を降りると、エフィニアの方へ手を差し出した。

「お手をどうぞ、姫」

そう言って手を差し出す彼は、平服を纏っているのも相まって、まるで皇帝ではなく普通の青年のようにも見えた。

（人って……場所と衣装でこんなにも印象が変わるのね……）

普段とは違うグレンディルに、気を取られていたからだろうか。

それとも、慣れない馬車に乗っていたからだろうか。

エフィニアの小さな足は地面に降り立つ前に、バランスを崩してつんのめってしまったのだ。

「きゃっ⁉」

エフィニアの小さな体が揺らぐ。

だが彼女の体が地面に激突する前に、力強い腕に抱き留められる。

「大事はないか、姫」

彼の腕はエフィニアの体重を受けても、少しも揺らぐことはなかった。

そのまま支えるようにして、平らな石畳の上へと降ろされる。

「あ、ありがとうございます……」

馬車から降りる際に転びかけるなど、一国の王女としてはなんとも情けない。

恥ずかしさに俯《うつむ》くエフィニアに、グレンディルは優しく手を差し伸べた。

「少し歩きにくいかもしれないな、俺の手に掴《つか》まってくれ」

その言葉に、また子ども扱いされたのかとエフィニアは憤る。

「わたくし、手を繋《つな》がなければ歩けないような子どもではございませんわ」

むくれながらそう言うエフィニアだが、グレンディルは手を差し出したままくすりと笑う。

「では言い直そうか。……美しく聡明《そうめい》な淑女であらせられるエフィニア姫。あなたをエスコートするという最大の栄誉を、この俺にいただけないだろうか」

エフィニアの眼前に恭《うやうや》しく跪《ひざまず》き、グレンディルはそう口にした。

その途端、エフィニアは怒りとは別の要因でカッと頬が赤くなった。

「なっ、ななな……」

確かに子ども扱いをして欲しくないと思った。

だが……。

（こ、こんな風にされるのは、想定外なんですけど⁉）

「へ、陛下！　皇帝陛下が衆人環視の中跪くなど……変に思われます！」

慌ててそう言うエフィニアに、グレンディルは「しー」と唇に人差し指を当てて見せた。

「認識《にんしき》阻害《そがい》魔法で俺の顔はわからなくしてある。だから、君が『陛下』と呼ばなければバレることはない」

その言葉に、エフィニアははっとさせられた。

（なるほど、確かに今はお忍びの視察。正体がバレないように策があるのね……でも）

「陛下でなければ、何とお呼びすれば……」

少し気まずく思いながらそう口にすると、グレンディルはふっと笑った。

そして、その場に屈《かが》みこむとエフィニアの耳元で囁《ささや》いた。

「そうだな、では……俺のことは『グレン』とでも呼んでもらおうか」

「はひっ⁉」

ぴゃっと小さな体を跳ねさせるエフィニアに、グレンディルはくすりと笑う。

そのからかうような表情に、エフィニアは慌てて彼から顔をそむけた。

そうしているうちに、クラヴィスとイオネラも遅れて馬車から降りてきた。

「おーおー、相変わらずすごい人だな。じゃあ、うさちゃんは俺と行こうな！」

「えっ、ちょっと待って‼」

そのままイオネラを連れていこうとするクラヴィスを、エフィニアは慌てて引き止めた。

「どこへ行くのよ！」

「あれ、言ってませんでしたっけ。今日は二手に分かれて行動するんっすよ。俺はうさちゃんと、姫は陛《へい》下──じゃなくてグレン様と！　ってなわけで、頑張れよ～」

ひらひらと手を振ったかと思うと、クラヴィスはイオネラを引っ張るようにして、風のように去っていく。

その後ろ姿に手を伸ばしながら、エフィニアは焦りに焦った。

（待って、クラヴィスとイオネラが行ってしまったということは、私は……）

おそるおそる振り返ると、じっとこちらを見つめるグレンディルと視線が合う。

彼は一歩近づくと、エフィニアの目の前に屈みこみ安心させるように告げた。

「心配する必要はない。今日はこの俺が、君にこの街を案内しよう」

「ですが──」

「君に知って欲しいんだ。……この俺が治める国の、美しさを」

真摯な色を秘めた金色の瞳に見つめられ、エフィニアは不覚にもどきりとしてしまった。

（皇帝と二人で、護衛もなしに……こんなのおかしいわ）

おかしい、のに……何故だか胸が高鳴ってしまう。

（もうすぐグルメ街に行くことができるから……？　きっとそうだわ……）

「さぁ、俺たちも行こう」

グレンディルが差し出した手に、エフィニアはおそるおそる自身の手を重ねた。

「君は帝都の街を散策するのは初めてか？」

「はい、皇帝陛下に謁見する際は真っすぐに皇宮へ向かいましたので」

「……そうか、それは済まなかった。君の楽しみを奪ってしまった分、今日は存分に楽しんでくれ」

グレンディルが素直に謝ったので、エフィニアは呆気《あっけ》に取られてしまった。

「……皇帝陛下ともあろうお方が、そう簡単に頭を下げるものではありませんわ」

声をひそめてそう言うと、グレンディルは静かに笑う。

「そうだな……だが、君の前ではただの一人の男だ」

「え……？」

唖然《あぜん》とするエフィニアの手を引き、グレンディルは歩き出す。

（今日の陛下は、なんだかおかしいわ……）

戸惑いを覚えながら、エフィニアは彼の隣を歩く。

少し歩いて、エフィニアは気が付いた。

（もしかして、歩く速さを……私に合わせてくださっているのかしら）

長身のグレンディルと、子どものようなエフィニアでは歩幅が大きく異なる。

グレンディルが何も意識しなかった場合、エフィニアはどんどん彼から遅れてしまうだろう。

だがエフィニアが急がなくても、グレンディルはエフィニアの隣から離れる様子はない。

（意外と……そういう所は気が利くのね）

今までに受けた散々な扱いからして、彼は独善的でたとえ「運命の番」であろうと、エフィニアのことなど都合よく利用するだけの冷酷な人物かと思っていた。

だが、今日の彼は何故か……いつもより人間味があるように感じられるのだ。

（なんだか、変な気分……）

期待か、それとも不安なのか。

少し鼓動を速めながら、エフィニアはグレンディルと共に帝都の街を歩くのだった。

◇◇◇

「いいか、この機会を逃したらもうお前にチャンスはないと思え。既に残機は一だ。わかるな？」

「首都以外の領土がすべて占領され、籠城《ろうじょう》したものの武器も食料も尽きかけ、外では城門を破る準備が始まっている……みたいな状況というわけか」

「だいたいそんな感じ。そのくらいヤバいんだよ、エフィニア姫からお前への好感度は」

必死にそう熱弁するクラヴィスに、グレンディルは大きくため息をついた。

悪手を重ね「運命の番」であるエフィニアに嫌われ、何とか誤解を解こうと幼竜の姿で近づいたら今度は「皇帝の寵姫が現れた」など、とんでもない噂《うわさ》が立つ始末。

エフィニアにも「真の寵姫を守るために私を盾にしたのでしょう?」と誤解され、彼女のグレンディルへの好感度は絶賛低空飛行中だ。

今度こそそんな状況を打破するため、グレンディルは決死の思いでエフィニアを視察という名のデートに誘い、何とか承諾を得ることができた。

「帝都のお勧めデートスポット集、エスコート術に女性への接し方……とにかく当日までに全部頭の中に入れろ。いいな?」

クラヴィスがどん!と執務机の上に置いたのは、厚さも大きさもバラバラの本の山だった。

一番上に置かれた一冊に手を伸ばし、グレンディルは重々しく本を開く。

「断りもなく女性の体に触れるのはNG……なるほど。それで俺が持ち上げたらエフィニア姫は怒ったわけか」

「そこからか。お前ほんとに、戦争は負けなしなのに他が抜けてるんだよな……」

グレンディルは幼い頃から戦地を転々とし、着実に戦闘経験を積んでいた。

そのため、ひとたび戦となれば鬼神《きしん》のごとき強さを発揮するのだが、その反面一般常識――特に社交界で必要となる女性への扱いがまったくなっていないのだ。

形だけのエスコート術は学んだが、それが実践に活《い》かされているかというと否なのである。

今までは女性との接触を極力避けていたのでなんとかなったが、今回ばかりはそうは言っていられない。

今度こそは弱点を克服し、エフィニアとの関係を修復しようと必死なのだ。

（これは、今までのどの戦よりも厳しいかもしれないな……）

鬼気《きき》迫る表情で本をめくる皇帝を見た者がいたならば、きっと「次はどこを攻め落とすか策を練っているに違いない！」と震えあがっただろう。

だが実際は、いかにして小さな番に近づこうかともがく、一人の青年そのものだったのだ。

◇◇◇

「この通りがグルメ街だ。世界各地から、選《え》りすぐりの店が集まっている」

「わぁ……！」

他とは雰囲気の異なる大通りの入り口に立ち、エフィニアは歓喜に目を輝かせた。

眼前の通りは、道の左右に様々な料理店が立ち並び、威勢の良《い》い呼び込みの声が響いている。

あちこちから料理の匂いが漂い、エフィニアは思わず腹が鳴らないように腹筋に力を込めた。

「君は何が食べたい？」

「……少し、見回ってから決めますわ」

平然を装いつつも、憧れのグルメ街を前にエフィニアはそわそわした様子が隠せずにいた。

そんなエフィニアを見て、グレンディルは優しく笑う。

「あぁ、何でも君のお望みどおりに」

人ごみにエフィニアが潰されないように庇《かば》いながら、グレンディルはグルメ街へと足を踏み入れた。

「すごぉい……あれは何かしら！」

エフィニアは目を輝かせて、きょろきょろとあちこちを見回している。

グレンディルは彼女がすれ違う人に吹き飛ばされないように、丹念《たんねん》に睨《にら》みを利かせていた。

認識疎外魔法で皇帝とはわからないとはいえ、威圧感はわかるのだろう。

すれ違う者たちは「誘拐犯……じゃないよな？」などと呟《つぶや》きつつ、器用にグレンディルたちを避けていってくれる。

「へ……グレン様！　あちらは？」

くいくいとエフィニアに袖を引かれ、グレンディルはそちらへ視線をやる。

彼女が熱心に眺めているのは、白米の上に魚などの具を載せた魚介料理の店だった。

「あれは……寿司《すし》だな」

確か大陸の東方部に棲《す》む、鬼族《おにぞく》の国の郷土料理だったはずだ。

エフィニアはまるで小さな子どものように目を輝かせて、寿司を眺めているようだった。

その様子に、グレンディルは驚く。

「……気になるのか？」

「フィレンツィアは海が遠くて、中々魚介料理にお目にかかる機会はありませんでしたの……」

エフィニアは珍しくそわそわした様子を隠せずに、熱っぽい瞳で寿司屋を眺めている。

グレンディルは気が付けば、そんな彼女の手を引いていた。

「行こう」

驚くエフィニアの手を引き、寿司屋の中へと足を踏み入れる。

その途端、エフィニアはまたもや驚きに目を丸くする。

「どうしてお皿が回っておりますの⁉」

「レーンに沿って客席が配置してあるだろう。ああやって具の違う皿を回すことで、客は好きな皿を取ることができるんだ。こうすることで注文の手間が省ける」

「なるほど……さすがは帝国の最新の店ですね」

クラヴィスに渡された本で予習していたおかげで、グレンディルはスムーズに「回転寿司」の仕組みをエフィニアに説明することができた。

エフィニアは顔を上げると、キラキラと尊敬を含ませた眼差《まなざ》しでグレンディルを見つめている。

その目に見つめられた途端、グレンディルの胸の奥底がズギュゥゥン！　と波打った。

「……俺たちも行こう」

このままでは、また初めて会った時のようによくない行動に出てしまいそうだ。

エフィニアから視線を逸らすと、グレンディルは慌てて近くの店員へ話しかけた。

「いらっしゃいませ～、二名様でよろしかったでしょうか？」

「あぁ、頼む」

「わぁ～可愛い♡　今日はパパとお出掛けかな？」

若い女性店員はエフィニアを見て表情をほころばせると、とんでもないことを口にした。

その言葉に、まさか親子に見られるとは思わなかったグレンディルはショックで固まる。

自分とエフィニアが実年齢以上の年齢差に見られることはよくわかっている。

だが、まさか……親子に間違えられるとは！

無表情を保ったまま、グレンディルは静かにダメージを受けていた。

そんなグレンディルを見て、エフィニアはくすりと笑う。

そして、店員に向かってにっこりと愛らしく笑ってみせた。

「いいえ、今日はデートですの」

「!?」

エフィニアの言葉に即座に復活したグレンディルを見て、エフィニアはぱちんと片目を瞑《つぶ》って見せた。

本気で言っているわけではなく、どうやら助け船を出してくれたようだ。

店員も慌てたように咳ばらいをし、何事もなかったかのように席に案内する。

「これは失礼しました～、二番のテーブルへどうぞ！」

「さぁ、参りましょうか。今日はエスコートをしてくださるのでしょう、グレン様？」

エフィニアがグレンディルに向かって、優雅に手を差し出す。

見かけは幼いが……小さな爪先から形の良い頭のてっぺん、こちらにむかって差し出したしなやかな指先に至るまで……端々から女王然とした気品と威厳が漂ってくるようだった。

……グレンディルの「番の本能」は、どうやらとんでもない大物を嗅ぎ当ててしまったようだ。

「あぁ、こちらへ」

細心の注意を払ってエフィニアの手を取り、グレンディルは回転寿司屋の客席へと向かうのだった。

「これが、寿司……なんて美味しいのかしら……」

生の魚を食べるということで最初は躊躇《ちゅうちょ》したが、エフィニアはすぐに寿司の虜《とりこ》になった。

レーンの上を流れる皿の中から自分の気に入った物を選び取るという方法も、なんともユニークだ。

大トロに舌鼓を打ちながら、エフィニアはちらりと正面の席に座るグレンディルの様子を窺《うかが》う。

彼は静かに、そして素早く何枚もの皿をぺろりと平らげていた。

まじまじとその様子を観察して、エフィニアはあることに気が付く。

「陛下の手元の食器は……」

「あぁ、これは『箸《はし》』というものでな。鬼族の故郷では食事の際にこのような食器を用いるようだ」

グレンディルは器用に指を動かし、「箸」と呼ばれる二本の棒のような食器を操っている。

エフィニアはちらりと周囲を見回したが、店内の他の多くの客はエフィニアと同じようにナイフとフォークを使うか、手掴《てづか》みで食べているようだった。

（竜族の料理でも箸は出てこないわよね……。ということは、陛下はわざわざ練習されたのかしら……)

きっと、従属国である鬼族の国の文化に敬意を払うために。

傲慢な竜族には珍しく、彼は箸の使い方を練習し、マスターしたのだろう。

エフィニアはそっと手元に用意されていた箸を手に取り、動かしてみた。

しかし、グレンディルのようにうまく動かすことはできなかった。

そんなエフィニアを見て、グレンディルは静かに笑う。

「俺も箸使いを会得するのは中々苦労した。君も興味があるのなら良い教師を紹介しようか」

穏やかに笑うグレンディルに、エフィニアが思い描いていた皇帝像が揺らいでいく。

(冷血で、無慈悲で、属国のことなんて何とも思わない人だと思っていたのに……)

竜族は傲慢な種族で、他種族のことを見下してばかりだと思っていた。

だが、もしかしたら彼は……エフィニアが思うよりも、少しは話のわかる人物なのかもしれない。

エフィニアも一国の王女として、彼を見習うべき点があるだろう。

(今まで妖精族は、ほとんど外の国と関わることはなかった……。でも、積極的に他国の文化を知り、尊重するのも王族として大事な責務なのかもしれないわ)

広大な帝国を治める彼には、きっとエフィニアには想像もつかないような悩みや苦労もあるのだろう。

もちろん、ここに来てからのエフィニアへの扱いは許しがたいものがある。

だがエフィニアは、少し……ほんの少しだけ、彼に尊敬の念を抱き始めていた。

（まぁ、後宮が荒れ放題なのは言い訳不可能ですけどね!!）

ミセリアやレオノールのようなアクの強い側室のことを考えると、後宮から足が遠のく気持ちも理解できなくはない。

だが……やはり、皇帝の責務としてはいただけないだろう。

おかげで後宮では、強力な力を持つ側室や女官長がやりたい放題の無法地帯となっているのだ。

いつか、きっちり報告書をまとめて目の前に突きつけてやらなければ。

エフィニアがそんなことを考えているとは知る由もないグレンディルは、素知らぬ顔で皿を高く積み上げていく。

かと思うと、急にゴホゴホとせき込み始めた。

「大丈夫ですか!?」

「いや……ワサビが、鼻に……」

顔を上げた彼をよく見れば、彼は涙目になっていた。

冷血皇帝の意外にも人間らしい一面を垣間見《かいまみ》てしまい、エフィニアは知らず知らずのうちに口元に笑みを浮かべていた。

生まれて初めての寿司を堪能《たんのう》したエフィニアは、大満足で店を出た。

うっかり食べ過ぎてしまったので、イオネラのがばがばの服を借りていてよかったのかもしれないわ……と、エフィニアは大満足で小さな腹を撫《な》でた。

「口に合ったようならよかった。妖精族には合わないかと危惧したものだが」

「あらグレン様、内陸国なのであまり縁がなかっただけで、妖精族だって食べる時は食べますのよ？」

グレンディルも寿司の味に満足したのか、いつになく上機嫌な様子だ。

（こうしていると、皇帝じゃなくて普通の人みたいね）

初めて彼に相まみえた時、なんて冷たそうな目をしているのかと恐怖にも近い感情を抱いたものだ。

だが、こうして「皇帝」の居場所から離れて彼と過ごしてみると……意外といろいろな表情をするものだとエフィニアは発見した。

エフィニアが冗談を言えば、わずかに顔をほころばせる。

エフィニアの父親に間違われれば、ショックを受ける。

うっかりワサビを多めに食べてしまった時は、涙目になっていた。

彼にもきちんと喜怒哀楽があるのだと、エフィニアは今更ながらに意識した。

（「冷血皇帝」なんて呼ばれてるから心も凍り付いているのかと思ったけど、意外と感情豊かなのかもしれないわ）

そう思うとなんだかおかしくて、エフィニアはくすりと笑ってしまった。

上機嫌で寿司屋を出た二人は、再びグルメ街を練り歩いた。

デザートは別腹……とはよく言ったもので、美味しそうなスイーツを見るとついついエフィニアはそちらに視線を奪われてしまう。

どれにしようか……と周囲を見回しながら歩いていたエフィニアは、とある一点に視線を吸い寄せられる。

「あ………」

視線の先の出店では、様々なスイーツを取り扱っているようだった。

その中でもエフィニアの目に留まったのは、妖精族の故郷――フィレンツィア王国の郷土菓子だ。

「気になるのか？」

「い、いえ……」

「もう少し近くで見よう」

エフィニアの手を引くようにして、グレンディルは店に近づく。

二人の姿を見た店員は、笑顔でセールストークを繰り出した。

「いらっしゃいませー！　うちの店では大陸各地の郷土菓子を取り扱っておりまして……あっ、そちらのお嬢さんはもしや妖精族の方ではありませんか？」

「あぁ、そうだ」

「わぁ、妖精族の方と外でお会いできるとは珍しい！　こちらの『夏妖精の宝石』はいかがです？」

店員が笑顔で指し示したのは、「夏妖精の宝石」と呼ばれる、妖精族が夏季に好んで食す氷菓子だ。

細かいシャーベットに種々のハーブを散らし、ローズシロップをかけた一品である。

久しく目にしていなかったその姿に、エフィニアの胸が懐かしさで締め付けられる。

「……二つ頂こう」

「まいどありー！」

エフィニアの様子をどう思ったのか、グレンディルはあっという間に「夏妖精の宝石」を二つ購入していた。

「君に立ち食いをさせるのは気が引けるが――」

「いいえ、頂きますわ」

グレンディルが遠慮がちに差し出した「夏妖精の宝石」を、エフィニアは何でもない振りをして受け取った。

世間知らずの王女だとは思われたくなくて、行儀が悪いとは承知しつつも立ったまま「夏妖精の宝石」を口にする。

「っ……！」

懐かしい、味がした。

それこそ、故郷にいた時には頻繁に口にしていたのだ。

懐かしい味と共に、故郷での日々が、家族や民の顔が次々と蘇《よみがえ》る。

帝国に比べれば、笑えるほど発展していない田舎の小国。

それでも住民は皆、肩を寄せ合って生きている。

民は王女であるエフィニアにも気さくに声を掛け、エフィニアも兄弟たちと共に城下を駆けまわっていた。

笑顔が溢《あふ》れる、妖精と精霊の国。

耳をすませば聞こえる、森のざわめき、せせらぎの音、精霊や幻獣の歌……。

エフィニアの、大事な故郷――。

「あ………」

うっかり感傷に浸りすぎていたのかもしれない。

気が付けば、エフィニアの目からぽろりと涙が零《こぼ》れそうになっていた。

「あら、目にゴミが……」

まさか、こんな情けない姿を見せるわけにはいかない。

顔を背け、慌てて涙を拭おうとしたが……。

「……済まなかった、エフィニア」

まるで、少し触れれば壊れてしまうガラス細工を扱うように。

グレンディルの手が、そっとエフィニアの背に触れた。

彼はエフィニアの泣き顔を周りから隠すように、そっと自らの胸元に抱き寄せたのだ。

そして、ぎこちない手つきで不器用に背中を撫でられる。

「……思えば、最初から何もかもが一方的だったな。突然運命の番だと言われて、後宮に入れられて……君には辛《つら》い思いをさせた」

今更何を……と言いたかったが、うまく言葉にならなかった。

息をひそめるエフィニアを宥《なだ》めるように背を撫でながら、グレンディルはぽつりぽつりと懺悔《ざんげ》の言葉を口にする。

「君が故郷を恋しく思うのも当然だ。フィレンツィアの国王に連絡を取り、面倒な手続きを踏むことになるが……君の一時帰国についても進めよう」

「一度帰ったら……もう、ここには戻らないかもしれませんよ」

ぼそぼそとそう呟くと、グレンディルの手が一瞬強張《こわば》った。

「そうなっても俺は文句も言えないな……。だが、図々《ずうずう》しくも身勝手《みがって》を言わせてもらうのなら……俺は、君に傍に居て欲しい」

彼がそう告げた途端、エフィニアの鼓動が大きく跳ねた。

(なによ、それ……)

他に、寵姫がいるくせに。

そんな風に言われたら……とんでもない勘違いをしてしまいそうになる。

これも、「運命の番」である影響なのだろうか。

彼も「運命の番」だから、精神安定剤としてエフィニアを傍に置いておきたいのだろうか。

……そうだ、きっとそうに違いない。

(本当に、わがままな人ね……)

これ以上彼にくっついていたら余計なことを口走ってしまいそうで、エフィニアは慌てて彼から距離を取る。

そして、すべて演技だとでもいうように不敵な笑みを浮かべて見せた。

「うふふ、言質は取りましたわ。一時帰国の話、きちんと進めていただきますからね！」

グレンディルは胸を張るエフィニアを見て呆気にとられたような顔をした後……おかしそうに笑いだした。

「ははっ、本当に君はおもしろいな。あぁ、二言はない。フィレンツィアと連携を取り、君の帰郷を叶《かな》えよう。ただ……本当に帰って来てくれない時は、俺自ら君に会いに行かせてくれ」

「竜皇陛下があんな田舎に来られたら、フィレンツィアの民は驚きすぎて倒れてしまいますわ。……仕方がないので、ある程度リフレッシュしたら後宮に戻って差し上げましょう」

（私、どうして……後宮なんて、嫌で嫌で仕方がなかったはずなのに）

故郷に帰ることができるのは嬉《うれ》しい。

だが、故郷に帰り二度とグレンディルに会うこともない生活を送るのかと考えると……それもまた違和感を覚えてしまうのだ。

（何なの？　この気持ちは……そうよ、あの幼竜ちゃん――クロに会えなくなるのが寂しいのね）

そう自分を納得させ、エフィニアは慌てて別の店に気を取られた振りをしてグレンディルから距離を取る。

すると――。

「危ないっ！」

少し離れたところから悲鳴が聞こえ、エフィニアとグレンディルは反射的にそちらへ視線をやった。

見れば、通りの向こうから物凄《ものすご》いスピードでこちらへ馬車が突っ込んでくる。

人々は悲鳴を上げ、馬車に轢《ひ》かれないように飛《と》び退《の》いていた。

グレンディルが慌てたようにエフィニアへと手を伸ばす。エフィニアも彼の元へ行こうとしたが
――。

「えっ？」

一瞬の出来事だった。

脇を通り抜けていく馬車からにゅっと腕が伸びたかと思うと、あっという間にエフィニアを馬車の中に引きずり込んだのだ。

エフィニアが持っていた「夏妖精の宝石」は彼女の手から離れ、ぐしゃりと地面に落下した。

――グレンディルの伸ばした手の、ほんの少し先で。

「エフィニア！」

グレンディルは衝動的に、行き交う人を弾《はじ》き飛《と》ばす勢いでエフィニアを連れ去った馬車を追いかけるのだった。

「ちっ……！」

エフィニアを乗せた馬車は、猛スピードで通りを駆け抜けていく。

だが、もちろんこのまま逃がすつもりは無い。

ちょうど馬車の進路には、グルメ街の入り口となる巨大なアーチがそびえたっている。

グレンディルは素早く精神を集中させ、魔術を放った。

「雷《いかずち》よ」

放ったのは、ほんの単純な雷の魔術だ。

だが、膨大な魔力を秘めるグレンディルの手にかかれば、簡単な魔術でも地形を変えるほどの一撃になる。

ほんの一瞬で辺りに暗雲が立ち込めたかと思うと、轟音《ごうおん》と共にアーチめがけて巨大な雷が落ちた。

その衝撃でアーチは砕け散り、道を塞ぐようにがれきの山を作り出す。

アーチめがけて爆走していた馬車も、慌てたように動きを止めようとし、勢い余って横転した。

「ここは危ないから近寄るな」

なんだなんだとざわめく通行人にそう伝え、グレンディルはあたりに素早く遮蔽《しゃへい》効果のある結界を張った。

これで、外の者は中に立ち入ることはできず、中で何が起こっているかもわからない。

準備を整え、グレンディルは素早く結界の中へと足を踏み入れた。

「くっ、どうなってんだ⁉」

「馬車は捨てろ！　このまま逃げるぞ‼」

「女はどうした⁉」

横転した馬車から、慌てたように何人かの男たちが這《は》い出《で》てくる。

遅れて出てきた男の小脇には、ぐったりと動かないエフィニアが抱えられていた。

その姿を見た瞬間、グレンディルに心臓が止まりそうな強い衝撃が走る。

──番が、何者かに傷つけられた。

そう理解した途端、体中が燃えるような怒りに包まれる。

番を傷つけられた竜の、本能的な怒りだった。

「なっ、なんだてめ──ぐぎゃあ！」

一瞬でエフィニアを抱える男の背後を取り、エフィニアを奪還する。

そして驚き振り返った男の頭を掴み、いとも簡単に地面に叩《たた》きつけた。

「何だこいつ⁉」

「なんでもいい！　女を取り返せ‼」

取り返す……？

何をおかしなことを。

エフィニアはグレンディルの番なのだ。

他の誰にも、渡すわけがない。

奪いに来るというのなら、容赦なく潰すまでだ。

「番を守る」という原始的な本能に突き動かされるまま、グレンディルは「敵」に対峙《たいじ》する。

目の前の男たちには、姿を変えているのでそこにいるのが皇帝だとはわからないだろう。

だが、圧倒的強者のオーラは隠せない。

屈強な竜族であるはずの男たちも、敵に回してはならない竜の逆鱗《げきりん》に触れてしまったことに気づいたのだろう。

まるで子犬のように身を縮こませ、地面にひれ伏した。

だが、そのくらいでグレンディルの怒りは収まらない。

「俺の番に手を出すとは、いい度胸だな。……愚行の代償は、その身であがなえ」

片手でエフィニアを抱え、もう片方の手で震えあがる男の首を掴み、ギリギリと締め付けながら持ち上げる。

「ヒッ、お助けを……！」

「黙れ」

男の首を掴む手に魔力を込めれば、グレンディルの手に炎が宿る。

じわじわと焼かれるような痛みに男は苦悶《くもん》の声を上げ、グレンディルが一息に命を刈り取ろうと、力を籠める直前に――。

「へい、か……おやめください」

耳に届くのは、この世界のどんな音楽よりも心地の良い声。

反射的に視線をやれば、エフィニアがしっかり目を開けてグレンディルを見つめていた。

エフィニアの声が耳に届いた途端、燃え盛る業火《ごうか》のような怒りが一瞬で凪《な》いでいく。

手を放すと、持ち上げられていた男は潰れたカエルのような声を上げて地面に落下した。

「ここで殺してしまっては、陛下の名に傷がつきます。それに、この方たちの目的や背景もわからずじまいになってしまいますわ」

宥《なだ》めるようにグレンディルの腕に触れて、エフィニアはそう諭す。

グレンディルはしっかりと両手でエフィニアを抱えなおし、そっと胸元に抱き寄せた。

「……済まなかった」

「陛下のせいではありませんわ」

エフィニアは王女として、誘拐された際の対処法や心得るべきことも学んでいる。

だから、存外冷静でいられる自覚はあるのだが……何故だろう。

（陛下に抱きしめられるのが、こんなに落ち着くなんて……）

最初に出会った時には、いきなり噛《か》みついたりなんかして。

ひどいことも言われて、ひどい扱いも受けて……。

なんて、最低な男なのだろうと思った。

もう一切、関わりを持ちたくないと思った。

それなのに、どうして……。

（今はこの人の傍が、心地よく感じてしまうのかしら……）

もしかしたら、これが番の本能というものなのだろうか。

それとも……。

（……なんでもいいわ。今だけ、今だけだから…………）

そっと胸元に顔を寄せ、守るように抱き留める腕に身をゆだね、エフィニアはそっと目を閉じた。

◇◇◇

結局あの後、駆け付けた警備隊によりエフィニアを連れ去ろうとした男たちは捕縛された。

騒ぎを聞きつけたのかクラヴィスとイオネラもやって来て、エフィニアはすぐに皇宮の医師の元に運び込まれた。

別に大した怪我《けが》は負ってなかったのだが、まるで重病人のようにイオネラには泣かれてしまった。

「だから、大したことないのよ。馬車が横転した際にちょっと頭を打ったくらいで……」

「うわあぁぁぁんエフィニア様あぁぁぁぁ!!　可愛らしい頭にこぶがあぁぁぁぁ!!」

「こんなの半日もすれば治るわよ」

わんわん泣くイオネラの後ろで、皇帝グレンディルは静かに落ち込んでいた。

「……済まなかった。いくら馬車を止めるためとはいえ、もう少し穏便な方法を取っていれば……」

「もう、陛下！　いつまでも過ぎたことをくよくよと悩まないでくださいませ!!　あの状況では、わたくしもあの方法が最善だと理解しておりますので。……少しばかり、器物損壊が行き過ぎでしたけど」

聞くところによれば、グレンディルはエフィニアを連れ去った馬車を止めるために、グルメ街の入り口のアーチを壊し道を塞いだらしい。

エフィニアには到底思いつかないダイナミックな封鎖方法に、怒ったり呆《あき》れたりする前に笑ってしまう。

「いやぁ～、これはもう陛下がばっちり責任取るしかないんじゃないかなぁ～？　うら若き乙女の体に傷を作るなんて、許されざる罪ですよ」

「だから、大したことないって言ってるのに……」

からかうようににやにやと笑っていたクラヴィスだが、ふと真面目な顔を作り、エフィニアの方へ視線を投げかけた。

「……それで、エフィニア王女。状況を見る限り、あの誘拐犯どもの標的は王女だったみたいですけど……なにかお心当たりは？」

……あの時、グレンディルは認識阻害魔法で皇帝だとわからなかったはずだ。

となると、彼らの目的はエフィニアだったということになる。

「……単なる身代金《みのしろきん》目当ての誘拐で、たまたま目についたのがわたくしだった……という可能性もございます。ですが……そうではないでしょうね」

そうであれば、あんな風に人通りの多い場所で白昼堂々と誘拐を試みるとは考えにくい。

もっと、足のつかなそうな方法はいくらでもあるというのに。

（彼らは、わたくしを狙っていた……）

エフィニアがフィレンツィア王国の王女だからだろうか。

いや、それよりも……。

「わたくしが皇帝陛下の側室で、『運命の番』だから……」

そう呟いた途端、グレンディルの肩がぴくりと動いた。

要は、後宮内の派閥争いの延長なのだろう。

後宮の中には、エフィニアを疎《うと》ましく思う側室が大勢いる。

何らかの手段でエフィニアが城下町に出ることを知り、痛めつけてやろうとでも思ったのだろう。

グレンディルも、エフィニアが言わんとすることを理解したのだろう。

顔を上げた彼は、「冷血皇帝」の名にふさわしい、鬼気迫る表情をしていた。

エフィニアの傍らに控えていたイオネラが、「ヒィッ！」と悲鳴を上げるほどに。

「……わかった。今から一人ずつ側室に尋問《じんもん》を――」

「おやめください」

ギラリと金色の目を光らせるグレンディルを、エフィニアはぴしゃりと制した。

まったく、この皇帝はやることなすことダイナミックすぎるのだ。

「後宮に集められているのは、様々な種族や国の姫君です。そのような扱いをなされば、従属国の怒りを買い、反乱を招きかねません」

「反乱などすぐに鎮圧できる」

「そういう問題ではありません。たとえ反乱を鎮圧できたとしても、必ずや禍根《かこん》の種は残ります。種はいずれ芽吹き、成長し……帝国を内側から瓦解させる大樹となるでしょう」

竜族の国であるマグナ帝国は、戦となればほぼ無敵と言ってもよいだろう。

だが、だからこそ……彼らは少し奢《おご》りすぎているようにエフィニアの目からは見えるのだ。

「外からの攻撃よりも、内側からの侵食の方がよほど恐ろしいものです。……陛下、後宮には様々な国や種族の姫君がおいでです。ある意味、この帝国の縮図と言っても良いでしょう。差し出がましいようですが……陛下はもう少し、後宮に目を向けられるべきかと思います」

可憐《かれん》な花々が咲き誇る花園……と見せかけて、中では日々側室同士の醜い争いが絶えない。

後宮というのは、見た目よりも恐ろしい場所だ。

エフィニアは後宮に入り、十分すぎるほどその真髄を理解した。

だから、グレンディルがあまり後宮に来たがらない気持ちも理解できなくはないのだが……今は、そうも言ってられない。

「今、後宮は荒れています。陛下には後宮の主《あるじ》として、そしてこの国を、大陸を統《す》べる者として……もう少し、外ではなく内側にも目を向けていただきたいのです」

力のある側室が睨みを利かせ、女官は職務を全うせず、力の弱い側室は虐げられ、後宮から消される。

いずれ後宮の歪《ゆが》みは、外へも波及するだろう。

だが、今ならまだ……間に合うかもしれない。

(少なくともあなたは、まったく話の分からない方ではないのでしょう？)

そんな思いを込め、エフィニアはグレンディルを見つめた。

彼は他者を愛する心を持ち、他国の文化を尊重できる人物だ。

……エフィニアを寵姫の盾にするなど、少し残念なところもあるが。

グレンディルはエフィニアの視線を受けて、しばし考え込んだ後、大きく頷いた。

「……ああ。忠告、痛み入る。もっと早くに、後宮に注意を払うべきだったな。君も苦労しただろう」

「まぁ、子猫ちゃんにじゃれつかれたり、トカゲちゃんに威嚇《いかく》されたりはしましたね。幸いにも大したことはありませんでしたが」

余裕たっぷりにそう言ってやると、グレンディルは不思議そうな顔をした。

その様子に、エフィニアはくすりと笑う。

「まぁ、いろいろ言わせていただきましたが……陛下。あまり大々的に動かれると、敵も何かあると感づきます。トカゲのしっぽ切りにならないように、ご注意くださいませ」

「あぁ、承知した」

エフィニアの言葉に、グレンディルは深く頷いた。

彼は、未来を憂う者としてのエフィニアの言葉を真摯に受け止めてくれたのだ。

奇妙な連帯感のようなものが、二人の間には芽生え始めていた。

(話せば、ちゃんとわかる方なのよね。私も、もっと早くにこうしてお話しするべきだったのかもしれないわ)

唯我独尊《ゆいがどくそん》の傲慢な冷血皇帝。

エフィニアが当初抱いていたイメージとは、少し違った人物なのかもしれない。

いや、もしかしたら……そんな彼を変えたのが、「寵姫」の存在なのかもしれない。

（本当に、いったいどこのどなたなのかしら……いいえ、私が気にすることではないわ）

寵姫に関しては過剰に反応する皇帝のことだ。

エフィニアが口に出さずとも、寵姫の安全くらいは確保するだろう。

「…………？」

そう考えると、何故だか少しだけ……胸が痛んだ気がした。

―6― 妖精王女、ドレスを仕立てる

後宮に戻ったエフィニアを待ち受けていたのは、自称エフィニア派の側室たちからの質問攻めだった。

「聞きましたわ、エフィニア様！　また皇宮からのお呼びがあったのでしょう⁉」
「しかも皇帝陛下からデートのお誘いだとか！」

（まったく、どうしてこうも筒抜けなのよ……！）

きゃあきゃあと興奮気味の側室たちに、エフィニアはげんなりしてしまった。
彼女たちの耳に入っているということは、既に後宮中に知られていると思った方がいいだろう。

「単に視察の同行者として呼ばれただけですわ。それに、皇帝陛下はお忙しいので実際に同行したのは官吏の方でした」

そうあたりさわりのない嘘《うそ》をついたが、側室たちの興奮は冷めやらない。

「視察だなんて！　わたくしは呼ばれたことがありませんわ」
「やはり陛下はエフィニア様を皇后にとお考えなのよ！」

かしましい側室たちに、エフィニアは静かに苦笑いを浮かべる。

（そういえば結局……なんの視察だったのかしら。私と陛下はグルメ街を見回っただけなのよね
……）

まぁ、よくわからないが何かしらの意味はあったのだろう。

そう自分を納得させ、エフィニアは側室たちを落ち着かせることに注力するのだった。

幸いなことに、エフィニアの忠告は皇帝の心に届いたようだ。

あの視察の後、皇帝グレンディルは公務の合間を縫って後宮を訪れるようになったのだから。

「まさか、皇帝陛下が後宮に興味を示される日が来るなんて……」

「やはり真っ先に向かわれたのはミセリア様の屋敷《やしき》でしたね」

「ふん、あんなのただのポーズですわ！　皇帝陛下が想《おも》っていらっしゃるのは運命の番でいらっしゃるエフィニア様に決まってますもの！」

「わ、私の所にも陛下がいらっしゃるというお知らせが来まして……どうやってお出迎えすればよろしいのでしょう⁉」

皇帝は側室一人一人の屋敷を訪れ、話を聞いて回っているようだ。

真摯に話を聞き、側室の苦労を労《ねぎら》い……そして短時間で帰る。

今のところ「新たな寵姫《ちょうき》誕生！」というようなことは起こっていないが、皇帝が後宮に関心を持っているという態度を見せるだけで、側室たちも幾分か救われるだろう。

皇帝はどうやら後宮に入っている期間が長い者から順に訪れているようなので、新参者のエフィニアに順番が回ってくるのはまだまだかかりそうだ。

側室たちが帰って静かになっても、エフィニアは悶々《もんもん》と皇帝の後宮訪問のことを考えていた。

（寵姫様の所にも、行かれるのよね……）

行って、何を話すのだろう。

他の側室とは違い、愛の言葉を囁《ささや》いたりするのだろうか……。

（はっ、私は何を考えてるのよ！）

ぼんやりと厨房《ちゅうぼう》でパン生地をこねている間に、うっかり思索にふけりすぎていたようだ。

エフィニアはやつあたりするように、ぐりぐりと力を込めてパン生地をこねくり回した。

近頃、どうもおかしいのだ。

まるで噂《うわさ》好きの側室のように、「皇帝の寵姫」のことが気になってしまう。

（別にどうでもいいじゃない。皇帝が誰を愛そうが、彼の勝手だわ）


頭ではそうわかっているのに。

どうしても寵姫のことが気にかかってしまう。

いや……違う。本当に気にかかっているのは……。

――「そうなっても俺は文句も言えないな……。だが、図々しくも身勝手を言わせてもらうのなら……俺は、君に傍に居て欲しい」

大した意味なんてないのはわかっている。

運命の番だから。ただ、精神を安定させる材料として、近くに置いておきたいだけなのだ。

そう、わかっているのに……。

「………はぁ」

つい、ため息がこぼれてしまう。

(こんなの、おかしいわ……)

何故《なぜ》だかあの皇帝のことが気になって仕方がないのは……これも、「運命の番」の本能のようなものなのだろうか。

わけのわからない感情に振り回され、エフィニアは苦々しく嘆息した。

生地を寝かせる段階になったので、気分転換に庭へと出る。

すると、聞き覚えのある羽音が耳に入り、エフィニアははっと顔を上げた。

「クロ!」

「きゅう!」

見れば、見慣れた黒い幼竜が空から舞い降りてきた。

エフィニアは手を伸ばし幼竜を抱きしめると、ついつい頬ずりしてしまう。

「きゅい⁉」

「はぁ……あなたは本当に癒《いや》し系ね」

「きゅっ……きゅぅ」

じっと見つめると、幼竜はつぶらな金色の目をぱちくりと瞬《まばた》かせた。

「いつか……あなたにも『運命の番』が現れるのかしら」

できれば愛らしいこの子には、自分のようにわけのわからない感情に振り回されて欲しくはない。

そんな思いを込めて呟《つぶや》くと、幼竜はエフィニアを慰めるようにすりすりとすり寄って来た。

「ふふっ……あなたにはまだ早い話ね。おいで、一緒にティータイムにしましょう」

「くるるぅ！」

幼竜を抱っこして、エフィニアは上機嫌でティータイムの準備を始めた。

◇◇◇

皇帝の後宮訪問は続き……ついにエフィニアの屋敷を訪れる番がやって来た。

女官や侍従を伴った皇帝を、エフィニアは屋敷の前にて出迎える。

「お越しになるのをお待ち申し上げておりました、皇帝陛下」

「あぁ、来るのが遅れて済まなかったな。エフィニア王女」

皇帝の侍従たちはエフィニアの屋敷の佇《たたず》まいに驚いている様子が見て取れたが、肝心の皇帝はあまり驚く様子はなかった。

まるで勝手知ったる場所だとでもいうように、堂々と屋敷へと足を踏み入れる。

「どうぞ、応接間に——」

「いや、今日は天気もいい。外でゆっくり話そうじゃないか」

「構いませんが……」

そう言った皇帝が、案内する前に庭へ続く扉の方へ向かったので、エフィニアは内心首をかしげる。

（前からここの構造をご存じだったのかしら……？　私が来る前はとんだボロ屋敷だったのに？）

まぁ、こういう場所に作られた屋敷は、ある程度室内構造に決まった法則があるのかもしれない。

そう自分を納得させ、エフィニアは庭先のガーデンテーブルへと皇帝グレンディルを案内する。

皇帝は侍従や女官たちに少し離れたところで待機するように指示して、エフィニアの手を取って席へエスコートしてくれた。

「もう聞き及んでいるかとは思うが……君の忠告を元に、側室たちの元を訪れこうして話を聞くようにし始めた」

「ええ、陛下がわたくしの話を聞き入れてくださり光栄ですわ」

「俺は……側室たちに酷なことをしていたのだな。女官たちの目もありすべてを話してくれる側室は少なかったが、それでも彼女たちの状況は察することができる」

遅すぎる……とも思ったが、エフィニアはその言葉を飲み込んだ。

やっと、皇帝が後宮の花たちに目を向けるようになったのだ。

それだけで、以前に比べれば大きな一歩である。

「そういえば……君の屋敷は他のものと比べると随分と風変わりなのだな。侍女も一人しか置いていないのか？」

「……女官長がそのように取り計らわれましたので」

ニコニコと笑いながらも、エフィニアの眉間には皺《しわ》が寄っていた。

その表情で、グレンディルも何となく察するものがあったのだろう。

「……すぐに邸《やしき》を移し、侍女の増員を――」

「いいえ、過ぎたことですわ。わたくし、今はこの屋敷が気に入っておりますし、イオネラ一人でも十分やっていけますもの。問題はありません」

せっかく自分好みにカスタマイズし、精霊たちもこの環境に慣れてきたのだ。

それに、侍女を増やせばどこかのスパイが紛れ込む危険性もある。

だから、エフィニアとしては現状維持の方が都合がいいのである。

「……後宮の人事についても、精査する必要がありそうだな」

「陛下にそう言っていただけましたこと、誠に喜ばしい限りです」

その際にはエフィニアが集めた不正の証拠も提供しよう。

小声でそう言うと、グレンディルは困ったように笑った。

「……エフィニア姫。今更だが……君の窮状《きゅうじょう》に気づけずに済まなかった」

「わたくしに申し訳ないと思われるのでしたら、どうぞ、未来を見てくださいませ」

エフィニアの言葉に、グレンディルは深く頷《うなず》いた。

（……大丈夫。このお方なら、きっと帝国を良《い》い方向に導けるはず）

エフィニアは微笑《ほほえ》み、二人はとりとめもない世間話を続ける。

そうしている間に、あっという間に皇帝の訪問時間が終わりを告げてしまう。

「済まないな、もっと時間が取れればよかったのだが……」

「いいえ、陛下はお忙しい方ですもの。こうして来てくださっただけでも僥倖《ぎょうこう》です」

「何か困ったことがあったらいつでも申し付けてくれ。それと……今度の狩猟大会の際には、君も是非来てくれ」

はて、狩猟大会とは何だろう。

そう質問しようとしたが、慌てた様子の侍従がグレンディルに次の予定が迫っていると告げ、グレンディルは踵《きびす》を返す。

その背中を見送ろうとして、エフィニアははっと思い付きグレンディルを呼び止めた。

「お待ちください、陛下！」

その声に振り返ったグレンディルに駆け寄り、くいくいと袖を引く。

意図を察したグレンディルが屈《かが》みこむと、エフィニアは彼の耳元で囁いた。

「もう、寵姫様の所には行かれましたの？」

その質問に、グレンディルはぴしりと固まった。

だがすぐに復活すると、どこか照れた様子で頷く。

「…………あぁ」

「そ、そうですか……それは何よりですわ……」

今度こそ去っていくグレンディルの背中を見送り、エフィニアは嘆息する。

（そう……やっぱり寵姫様のことは大切になさっているのね）

何やら胸にぽっかりと穴が開いたような気分を味わいながら、エフィニアはそっと踵を返した。

◇◇◇

「ねぇイオネラ。狩猟大会とは何かしら」

「ひょわっ⁉　もうそんな季節なんですね‼」

過剰に反応したイオネラが言う所によれば、年に一回皇帝の主催で各地の王族貴族を集め、大々的な狩猟大会が開かれるという。

「男性たちはこの日のために牙や爪を研ぎ澄まし、とびっきりの大物を仕留めようと張り切るんですよ！　女性たちも新しく衣装を仕立てて綺麗《きれい》に着飾って、ファッションショーみたいににぎやかになるんですよ〜」

「そうなの……皇帝陛下に来て欲しいと言われたのだけど、やはり行った方がいいのかしら」

「うひゃっ⁉　本当ですか‼　エフィニア様、すごいことですよ‼」

皇帝主催の公式行事ということで、この日はどの側室も希望すれば狩猟大会の会場に行くことができる。

滅多にない外出の機会であり、側室たちは皆選《え》りすぐりの衣装を身に纏《まと》い、狩猟大会に繰り出すのだという。

しかし今までは皇帝は側室をガン無視で、誰かを誘ったりすることなどなかったのだとか。

「やはり陛下は、エフィニア様のことを特別に想っていらっしゃるのですよ！」

興奮するイオネラをどうどう、と諫《いさ》めながら、エフィニアはもやもやした気分を味わっていた。

「……いいえ、違うわ。私が後宮に目を向けろと言ったので、社交辞令的に誘われたのでしょう。きっと……寵姫様の盾になるように」

「寵姫の屋敷を訪れたのか」という問いに、皇帝は「あぁ」と答えた。

ということは……やはり、例の寵姫は側室の誰かなのだろう。

きっとその寵姫も、狩猟大会の場に赴くのだろう。

とびっきりの衣装を仕立てて、愛する皇帝の勇ましい姿を目にするために……。

「……誘われたからには、私も行った方がいいわよね」

どこか言い訳がましく、エフィニアはそう口に出した。

別に、皇帝と寵姫のことが気になるわけじゃない。

ただ滅多にない外出の機会なのだ。

たまにはのびのびと羽を伸ばしたい。

ただ、それだけなのである。

そう自分を納得させるエフィニアに対し、イオネラはうきうきと準備を始めようとして……ぴゃっとその場で飛び上がった。

「大変！　狩猟大会に行かれるのなら、すぐにでも仕立て屋の予約をしなきゃ――」

なんでもこの時期は狩猟大会に出席する為《ため》に、後宮の側室だけでなく多くの女性が新たに衣装を仕立てるのだとか。

だから、仕立て屋の予約も早い者勝ちなのだという。

「うぅ、出遅れた……いますぐ予約に行ってきます！」

ウサギの獣人らしい俊足で駆け出したイオネラの後ろ姿を見ながら、エフィニアは小さくため息をついた。

「……別に、陛下の為じゃないわ」

ただ、自分自身のリフレッシュのため。

それだけなのだから。

◇◇◇

「うぅぅぅぅ……申し訳ございません、エフィニアさまぁ……」

勢いよく飛び出していったイオネラがべそをかきながら帰って来たので、エフィニアは驚いた。

まさか自分のように何者かに襲われたのでは……と心配したが、どうやらそうではないらしい。

「王都内の仕立て屋をまわったんですけど、どこも予約がいっぱいで……」

通常はいくら早い者勝ちだとはいえ、どこかの仕立て屋には空きがあるものだ。

だがイオネラがどれだけ店をまわっても、既に新しい衣装の予約は受け付けてもらえなかったのだという。

「なんでもファルサ公爵家が、大量に衣装の発注を行っているようで……」

「ファルサ公爵家……あぁ、ミセリア様の生家ね」

やっと得心がいき、エフィニアは歯噛《はが》みした。

ミセリアはできる限り他の側室の狩猟大会への出席を妨害しようと、王都内の仕立て屋の予約を埋め尽くしたのだろう。

新たな衣装を仕立てられなかった側室が素直に出席を諦めるか、着古したドレスでやって来たら盛大に笑いものにするという魂胆《こんたん》なのだ。

（まったく、姑息《こそく》な真似《まね》をするわね……）

だが、エフィニアはそのどちらにもなってやるつもりはなかった。

「仕方ないわ。どうせなら帝国風のドレスを仕立ててもらおうと思っていたけど……こうなったら、私のやり方でやらせてもらうわ」

「えっ、どうなさるんですか？」

「自分でドレスを作るのよ」

「えぇぇっ⁉」

驚くイオネラに、エフィニアは自慢げに胸を張る。

「もちろん、精霊の力は借りるけどね。故郷にいた時は自分の服は自分で作ることが多かったの。この屋敷をリフォームしたことに比べれば簡単なくらいよ」

どこかウキウキとした気分で、エフィニアはさっそく新しいドレスのデザインに取り掛かるのだった。

◇◇◇

「うーん、ここをこうして……」

今持っているドレスの内の一着をリメイクする形で、エフィニアはデザインに取り掛かった。

大輪の花を彩る花びらのように、いくつもの薄手の布をふわりと重ね合わせていく。

それが妖精族のドレスの伝統的なデザインだ。

ミセリアの大量発注のせいで巷《ちまた》では布地が品薄になりかけている。

エフィニアはアラネア商会の伝手《つて》を駆使して、なんとかドレスに必要な分の布地を確保することができた。

デザイン画も形になり、いよいよ精霊の力を借りることとなる。

「妖精王の末裔《まつえい》たるエフィニアの名において命じる……来たれ、〈キキーモラ〉」

エフィニアの呼びかけに応え、現れたのは……イタチのような姿をした精霊――キキーモラだ。

『キィ！　キィキィ!!』

「来てくれてありがとね。早速だけど、こんな感じにこのドレスをリフォームしたいの。頼めるかしら」

『キッ！』

キキーモラは服飾方面に秀でた精霊だ。

エフィニアがデザイン画と布地を見せてやると、すぐに生き生きと作業に取り掛かってくれた。

「エフィニア様～、スコーンが焼けましたよ！」

「ありがとう、そこに置いといてもらえる？」

てきぱきと布地の裁断を始めたキキーモラを見守りながら、エフィニアはドレスを彩る飾りの作成を始めた。


「う～ん、どうしようかしら……」

キキーモラの力を借りて、ドレスは少しずつ完成に近づいてきている。

だが、最終段階になってエフィニアは悩んでいた。

妖精族の国であるフィレンツィア王国には、特殊な糸を紡いで織った透明に近い「ルジアーダ」という特殊な布がある。

妖精族の伝統的なドレスは、最後にスカートの部分にふんわりとルジアーダ布を被《かぶ》せ、妖精の羽のように纏うデザインになっている。

だが、どうしてもこのルジアーダ布や似た性質の布は手に入らないのだ。

(今から布の原料となる植物を育てて紡いで……さすがに間に合わないわよね)

エフィニアの元には優秀な精霊がいるが、さすがに時間が足りな過ぎた。

「はぁ……」

今の段階では、ドレスは渾身《こんしん》の出来となっている。

これでルジアーダ布さえ手に入れば、きっとエフィニアが作った中でも最高傑作となるだろう。

だからこそ、中途半端な出来で妥協するのが許せなかった。

一人で憤っていると、最近はドレス作りで根《こん》を詰めすぎだとイオネラに心配され、エフィニアは屋敷の庭園で一人、ティータイムに興じていた。

すると、パタパタと可愛《かわい》らしい羽音が聞こえてくる。

「クロ！」

顔を上げれば、目に入るのは見慣れた姿。

もうお馴染《なじ》みとなった黒い幼竜――クロがエフィニアの膝へと降り立った。

「きゅーぅ？」

「……ううん、大丈夫よ」

エフィニアが浮かない顔をしていたのが気にかかったのだろう。

心配そうに首をかしげる幼竜を、エフィニアはぎゅっと抱きしめた。

「きゅーう、きゅーう！」

幼竜はエフィニアを慰めようとするかのように、一生懸命すりすりとすり寄ってくる。

その様子が愛らしくて、エフィニアはついつい今の悩みを零《こぼ》してしまう。

「今はね、今度の狩猟大会のためのドレスを作っているのだけど……どうしても、仕上げに必要な布が手に入らないのよ」

「……くぅ？」

「ルジアーダ布といって、薄手で、透明で、とっても綺麗な布があるの。フィレンツィアでは簡単に手に入るのだけれど……ここでは難しいわね」

「…………くるるぅ！」

エフィニアの言葉を聞いた幼竜は、何かを決意したかのように真剣な目つきになる。

かと思うと、すぐさまエフィニアの元を飛び立った。

「クロ⁉」

「きゅーう！　きゅきゅ‼」

まるで何かを伝えるかのように鳴いた後、幼竜は素早く飛び去ってしまう。

エフィニアはぽかんとしながら、その様子を見送った。

「何か、伝えたかったのかしら。随分と急いでいたみたいだけど……」

◇◇◇

幼竜の姿で皇宮に戻ったグレンディルは、すぐさま変化《へんげ》を解いた。

そして向かったのは……宝物庫だ。

帝国皇宮の宝物庫には、世界各国から贈られた国宝級の品が保管してある。

眩《まばゆ》いばかりの金銀財宝には目もくれず、グレンディルが向かうのは……織物《おりもの》を保管してある区画だ。

――『ルジアーダ布といって、薄手で、透明で、とっても綺麗な布があるの。フィレンツィアでは簡単に手に入るのだけれど……ここでは難しいわね』

つい先ほど聞いたばかりの、憂いを秘めたエフィニアの声が蘇《よみがえ》る。

……いいや、難しいことじゃない。

皇帝であるグレンディルなら、彼女の望みを叶《かな》えることができるのだから。

「薄手で、透明……」

国宝級の品をぽんぽんかき分けながら、グレンディルはひたすら彼女が求める物に近い布を探した。

そして、ランプの明かりを反射するようにして、積み重なる布の奥で何かがきらりと光ったのが見えた。

手を伸ばして手繰《たぐ》り寄せ……グレンディルは息を飲んだ。

「これは……！」

絹のような滑らかな手触りで、少し力を込めれば破れてしまいそうな繊細な布だった。

ふんわりと向こうが透けるように透明で、そして……オーロラのように鮮やかな光を放っている。

角度を変えるたびに違った色に光る、見事な布をグレンディルは手にしていた。

「……従属国となった際に、フィレンツィアから贈られた物なのか」

近くには簡単にその布の由来が記された冊子があった。

……かつて妖精族の長から贈られた品を、妖精族の姫であるエフィニアが身に着けるのだ。

きっとこの布にとっても、これ以上ない活用方法となるだろう。

美しい輝きを放つドレスを身に纏ったエフィニアの姿を想像して、グレンディルは知らず知らずのうちに口元に笑みを浮かべていた。


「ん…………」

コツ、コツ……と窓を叩《たた》く音がして、エフィニアは目を覚ます。

ぼんやりとした意識のまま窓の方へ視線をやれば、そこには愛らしい黒の幼竜が……。

「クロ⁉」

一気に覚醒したエフィニアは、慌てて窓を開ける。

すると、すいっと室内に幼竜が飛び込んできた。

「こんな朝早くにどうしたの⁉」

驚くエフィニアの足元に、幼竜が何かを落とす。

そっと拾い上げ、エフィニアは息を飲んだ。

「これって……！」

幼竜が持ってきたのは、今まで見たこともないくらい美しい輝きを放つルジアーダ布だったのだ。

「極上の手触り、二つとない輝き……こんな一級品をどうしたの⁉　まさか、盗んできたわけじゃないわよね⁉」

「きゅう！　きゅーう‼」

慌てるエフィニアに、クロは尻尾で足元を指し示した。

よく見れば、そこには小さく折りたたんだ羊皮紙が落ちている。

そっと中を開くと、中には一言だけ
『いつもこの竜が世話になってる礼に、あなたに贈ります』

と書かれていた。

「クロの飼い主が、私に……？」

「きゅーう！　くるるぅ!!」

肯定するように何度も頷いた幼竜に、エフィニアの胸がじぃんと熱くなる。

「ありがとう……本当に、ありがとう!!」

「くぅ!?」

エフィニアが力強く抱きしめたので、幼竜が驚いたような声を上げる。

慌てて力を緩めながらも、エフィニアは胸がいっぱいだった。

（こうやって、縁というものは繋《つな》がっていくのね……）

どこの誰なのかはわからないが、クロの飼い主はエフィニアのことを知っていて、力になろうとしてくれたのだ。

それが、たまらなく嬉《うれ》しかった。

「ありがとう、あなたの飼い主にもお礼を言っておいてくれる？」

「きゅーう！」

「できれば直接お会いしたいのだけど……」

「きゅっ⁉」

「それは難しいのね」

「……くぅ」

相手の立場ゆえか、エフィニアの立場ゆえか。

どうやら幼竜の飼い主に直接会うのは難しいようだ。

幼竜は何度も何度もエフィニアの方を振り返りながら、窓の外へ飛び去って行った。

エフィニアは再び贈られた布を撫《な》で、うっとりと頰を緩ませる。

(本当に極上の手触り……フィレンツィアでもお目にかかったことがないくらいの一級品だわ。クロの飼い主は、いったいどんな方なのかしら……)

何か手掛かりはないかと、もう一度羊皮紙に目を通す。

何度も読み返して、エフィニアは奇妙な既視感を覚えた。

(あら、この筆跡、どこかで見たような……)

だがそこまで考えた時、目を覚ましたキキーモラが騒ぎ始めたのでそれどころではなくなってしまった。

どうやら精霊たちも、極上の布に大興奮しているようだ。

「ふふ、ちょうどいいものが手に入ったの。一気に完成させちゃいましょう!」

『キキッ‼』

意気揚々と、エフィニアは精霊たちと共にドレスの仕上げに取り掛かった。

7 妖精王女、狙われる

Unmei no tsugai

いよいよ、狩猟大会の日がやって来た。

皇帝主催の狩猟大会は、長い歴史を持つ竜族の伝統行事だ。

会場は恐ろしい魔獣が生息する「魔の森」――普段は強固な結界により封じられているが、この日だけは結界が解かれるのである。

竜族においては、力の強い者こそが絶対王者とされている。

その為《ため》、狩猟大会に参加する者たちは皆一様に張り切り、少しでも強い魔獣を仕留めようと奮起していた。

そして戦士たちが牙や爪を研ぎ澄ます中……「魔の森」付近の野営場ではまた別の戦いが繰り広げられていた。

「まぁ、見てくださいミセリア様のあのドレス！」

「なんて素敵なの……まるで炎の女神のようだわ」

「皆さま美しく着飾っているようですけど……ミセリア様に比べれば数段見劣りしてしまいますわね!!」

ミセリアの取り巻きの側室がはしゃぐ声が、蒼天《そうてん》に響き渡る。

そんな取り巻きを、ミセリアは穏やかにたしなめた。

「まぁ皆さま、そんなことを言うものではないわ。わたくしたちはこれから狩猟大会に臨まれる戦士たちを、鼓舞するためにここにいるのだもの。わたくしたちが美を競い合う場ではないのよ」

……などと口ではまっとうなことを言いつつ、ミセリアの衣装は明らかに「今日の主役！」とでもいうほど気合が入りすぎていた。

彼女が身に纏《まと》うのは、真紅の生地に金糸で刺繍《ししゅう》がなされたド派手なドレスである。

肩口から手首にかけてゆったりと広がっていく形の袖はまるで翼のようで、彼女が身動きするたびに美しく翻《ひるがえ》る裾はなんとも優美だ。

神々しい不死鳥を思わせるいでたちのように見えて、背中は大胆に開きなまめかしい肌があらわになっている。

ミセリア自身の持つ圧倒的な美しさもあいまって、集まっている者たちは目を奪われずにはいられなかった。

「今年はこうして会場に来られる側室も少ないようだから、その分わたくしたち一人一人が輝かねば。皇帝陛下をがっかりさせるわけにはいきませんもの」

必要のないドレスの大量発注を行い、王都中の仕立て屋の予約を埋め尽くした者とは思えない言葉に、少し距離を置いていた他の側室は苦笑いした。

ミセリアの妨害のせいで新たなドレスを仕立てられなかった側室が続出し、今年の狩猟大会は例年に比べ随分と寂しいものになっている。

ころころと笑うミセリアを睨《にら》みながら、側室の一人――レオノールは悪態をついた。

「まったく……あの性悪トカゲ女、あんな悪趣味なドレスは初めて見たわ！」

「まったくです、レオノール様！」

「レオノール様の足元にも及びませんよ！」

本日のレオノールは、なんとヒョウ柄の派手なドレスを身に纏っている。

ミセリアとはまた別の意味で、彼女も人目を惹《ひ》いていた。

ピーチクパーチクとさえずる侍女たちの称賛に気を良くしながら、レオノールは慎重に周囲を見回す。

「……そういえば、エフィニア様はいないようね」

そう気づいた途端、レオノールはにんまりと意地の悪い笑みを浮かべた。

「ふん。あのトカゲ女の策にはまるなんて大したことないのね！」

以前恥をかかされた恨みで、レオノールは周囲に聞こえるように大声でエフィニアの悪口をまくしたてた。

「トカゲ女」の時点でミセリアの眉がぴくりと動き、取り巻きの側室は慌てたが、幸いにも大事にはいたらなかったようだ。

「……エフィニア様は、いらっしゃらないのね」

ぼそりと呟《つぶや》いたミセリアに、取り巻きの側室は慌てて同意する。

「陛下の『運命の番』でいらっしゃるのに、意識が低すぎますわ！」

「それも仕方がありませんわ。だって皇帝陛下は、番様に愛を注いでいらっしゃらないようですもの」

「陛下の番といっても、とても皇后が務まるような方ではありませんね」

「あらあら皆さま、そんな風に言うものではないわ」

取り巻きの側室を諌《いさ》めながらも、ミセリアはしっかりと勝利の笑みを浮かべていた。

彼女にとって今年の狩猟大会の懸念材料は、皇帝の運命の番であるエフィニアと、未《ま》だ正体を摑《つか》めない皇帝の寵姫《ちょうき》だ。

寵姫についてはは手を尽くして調査をしているが、いまだに進展はない。

エフィニアについては……どうやら妨害工作が功を奏したようだ。

彼女は新たなドレスを仕立てることができず、この場には現れないのだから。

すがすがしい気分で、ミセリアは取り巻きたちとの談笑に興じはじめた。

だがその途端、野営場の一角がにわかに騒がしくなる。

「あれは……後宮の馬車だわ」

「側室の方がいらっしゃったのかしら……」

遅れて登場し注目を集めるとは、いいご身分だ。

次に潰すのはあの馬車の中の女にしようと、ミセリアはすっと目を細める。

だが次の瞬間、彼女は驚愕《きょうがく》に目を見開いた。

「はぁ……思ったよりも着付けに時間がかかっちゃったわね」

ゆっくりと馬車を降りてくるのは、この場に来られるはずのない皇帝の運命の番――エフィニアだったのだ。

エフィニアが地面に降り立った途端、四方八方から視線が集まった。

本日のエフィニアが身に纏うのは、精霊の力を借りて仕立て上げた妖精族の伝統デザインを取り入れたドレスだ。

胸元には美しい生花があしらわれ、彼女が自然に愛された姫君であることをありありと示している。

いくつもの薄手の布を精巧に重ね合わせたスカート部分は、まるで大輪の花を彩る花びらのように美しい。

中でも最も目を引くのは、まるで妖精の羽のようにスカート部分にふんわりと被《かぶ》せられたルジアーダ布だ。

オーロラのように美しいその布は、日の光を浴びてエフィニアが動くたびに異なった色合いを見せてくれる。

まさに「妖精姫」の名に恥じないいでたちで現れたエフィニアに、ミセリアもレオノールも他の側室も、一瞬言葉を失った。

エフィニアは呆気《あっけ》にとられる周囲を見回し、にっこりと愛らしい笑みを浮かべてお辞儀をした。

「ごきげんよう、皆さま。本日は好天にも恵まれ、まさに狩猟日和とでも言うべき日ですね。楽しみだわ」

そんなエフィニアに真っ先に声を掛けたのは……自称・エフィニア派の筆頭側室、アドリアナだ。

「エフィニア様もいらっしゃったのですね！　その装い、とても素敵ですわ」

「お褒めに与《あずか》り光栄ですわ。アドリアナ様のドレスも素晴らしいわ」

妖鳥族の王女であるアドリアナは、鳥の羽のような素材をふんだんに使った天女のようなドレスを身に纏っていた。

「皆さま、それぞれ素敵な装いをしていらっしゃいますのね。目の保養になるわ」

大陸各地から選《え》りすぐりの姫君が集まる後宮。

そこで暮らす側室たちが、それぞれ思い思いのドレスを仕立てて集まるファッションショーのようだった。

エフィニアは興味津々で、集まった側室たちを眺める。

そうしているうちに、自称・エフィニア派の側室たちが集まって来た。

「さすがはエフィニア様、妖精族の装いは繊細かつ華やかで素晴らしいわ」

「ありがとうございます、コーラリア様。コーラリア様の衣装は人魚族の伝統ですの？」

「ええ、人魚族の伝統と帝国で流行《はや》っているデザインをミックスしましたの！　私の故郷では基本的に女性は胸元に貝殻を纏うのみですが、陸の世界では破廉恥《はれんち》すぎると教えていただきましたので」

「それはまぁ……」

人魚族の側室であるコーラリアは、アクセントとして貝殻や珊瑚《さんご》をあちこちにあしらったドレスを身に纏っていた。

頭上に戴《いただ》くのは、これはまた貝殻や珊瑚やヒトデ……？などを組み合わせた美しいティアラだ。

他にも幾人かのエフィニア派の側室が、この場に揃《そろ》っていた。

だがいつもエフィニアの元に集まる顔ぶれと比べると、数が少ないのにエフィニアはすぐに気が付いた。

（やっぱり……ミセリア様の妨害でドレスを仕立てられなかった側室の方も多いのね……）

特に自称・エフィニア派の側室は、後ろ盾が弱く後宮では肩身の狭い思いをしているのだ。

ミセリアの妨害になすすべもなく、狩猟大会への出席を諦めざるを得なかったのだろう。

（帝国の公式行事の成功より自分の都合を優先するなんて……側室として褒められた態度ではないわ）

ちらりと件《くだん》のミセリアに視線を向けると、彼女もばっちりこちらを見ていたので目が合ってしまう。

ミセリアは傍目《はため》には優雅な笑みを浮かべて、それでいて凍り付きそうなほど冷たい視線でエフィニアを見据えていた。

（おぉ怖い。でも、私はあなたの思い通りになって差し上げるつもりはありませんから）

氷の視線にもたじろがず、エフィニアはミセリアに微笑《ほほえ》み返してみせる。

そうしているうちに、今度はレオノールがエフィニアに絡んできた。

「あーらエフィニア様、その無駄にひらひらした虫の羽みたいなドレスがとても素敵ね。あのボロ屋敷《やしき》のカーテンでも引き裂いてお作りになられたのかしらぁ？」

レオノールは相変わらず嫌味たっぷりで、真正面からエフィニアに喧嘩《けんか》を売って来た。

（このお方はこんな時でも通常運転なのね……。まぁ、変に裏でこそこそされるよりも何倍もありがたいわ）

一度レオノールを撃退したエフィニアからすれば、彼女の嫌味など子猫が愛らしくじゃれてくるようなものだ。

目の前で猫じゃらしを振るように、エフィニアは優雅な笑みを浮かべて言葉を返す。

「ごきげんよう、レオノール様。さすがは慧眼《けいがん》をお持ちですね。このドレスは、わたくしが一から仕立て上げた物になります。さすがにカーテンは使いませんでしたけど」

「わたくしが一から仕立て上げた」の部分で、少し離れたところにいたミセリア派の側室たちがざわめいた。

エフィニアは上機嫌で、レオノールの装いを褒めて見せる。

「レオノール様のお衣裳《いしょう》も華やかで素敵ですわ。その毛皮の豹《ひょう》はご自身で狩りましたの？」

「そんなわけないじゃない！　まぁ、わたくしが本気を出せば豹の一匹や二匹を仕留めることは容易《たやす》いですけど」

「あら、素晴らしいわ。本日の狩猟大会にも、戦士としてご参加なさってはいかがですか？」

一見優雅に嫌味の応酬を続けるエフィニアとレオノールを、ミセリアは冷たい視線で睨みつけていた。

そんなミセリアの怒りを察したのか、周囲の取り巻きたちが慌ててエフィニアをけなして見せる。

「皇帝主催の公式行事にご自身で作られたドレスを着てこられるなんて！」

「なんて恥知らずなのかしら‼」

「み……みっともないわ！」

いつもだったら穏やかに「あら皆さん、そんな風に言っては駄目よ。エフィニア様にはエフィニア様の事情があるのでしょう」と取り巻きを諫めるミセリアも、今回ばかりはだまったままエフィニアを睨みつけている。

そのブリザードでも吹き荒れそうな氷の視線に、周囲の取り巻きたちは「ヒッ」と喉の奥で悲鳴を上げた。

ミセリア派の中傷が耳に届いてもなお、エフィニアはつらつとした笑みを崩さなかった。

(ふん、なんとでも言えばいいわ。姑息《こそく》な手を使って他の側室の邪魔をする方がよっぽどみっともないじゃないの)

そうしているうちに、野営場の一角がまたしてもにわかに騒がしくなった。

笛が吹き鳴らされ、帝国の紋章が施された豪奢《ごうしゃ》な箱型の馬車が近づいてくる。

「皇帝陛下のお着きです！」

颯爽《さっそう》と馬車を降りてきたのは、広大な帝国を治める皇帝――グレンディルだ。

彼が姿を現した途端、野営場に集まっていた者たちは皆最上級の礼をとった。

「……よい、皆、楽にせよ」

皇帝の一声で、礼をとっていた者たちは顔を上げる。

ゆっくりと野営場を見回す皇帝グレンディルは、随分と動きやすそうな衣装を身に纏っている。

(こういう時は皇帝陛下もご自身で狩りに出られるのかしら。まぁあの方なら、周りが止めても前に出ていきそうね……)

エフィニアが誘拐されかかった際の、グレンディルの鬼神のような迫力を思い出して、エフィニアは内心で苦笑いした。

少なくとも彼は、魔獣ごときで怯《ひる》むような性格ではなさそうだ。

大人しく玉座に座っているよりも案外、外で暴れる方が性に合っているのかもしれない。

そんなことを考えながらぼんやりと皇帝を観察していると、不意に彼がエフィニアの方を振り向いた。

二人の視線が、ばっちりと絡み合う。

その途端グレンディルがまっすぐにこちらへ向かってきたので、エフィニアは慌ててしまう。

「……来てくれたんだな、エフィニア姫」

エフィニアの前までやって来たグレンディルは、少し腰をかがめて視線を合わせるようにして、優しく微笑んだ。

その微笑みに、エフィニアの心臓は二つの意味で暴れ出す。

(ちょっとぉ！　そうやってまた私を盾にするのね！)

おそらくこの場に居合わせている「寵姫」から目を逸《そ》らさせるため……だとはわかっていても、普段はあまり表情を動かさない彼が見せる微笑みは、中々に破壊力が高い。

エフィニアはなんとかはやる鼓動を落ち着かせ、皇帝に向かってゆっくりと礼をして見せた。

「お招きいただき光栄ですわ、陛下。わたくし、狩猟大会に出席するのは初めてですので、とても楽しみにしておりましたの」

「任せてくれ。君のために、俺が一番の大物を仕留めて見せよう」

（い……いくら演技とはいえ、こんなこと言って寵姫の方に誤解されないの……？）

グレンディルは真っすぐにエフィニアを見つめている。

その視線に、エフィニアはいろんな意味でどきどきしてしまった。

「今日の衣装は凝っているな。君が作ったのか」

「……はい。わたくしの故郷、フィレンツィア王国の伝統的なデザインを取り入れましたの」

「そうか……うまくいったんだな」

「えっ？」

「いや、こちらの話だ。その衣装も、とてもよく似合っている。まるで伝説に謳《うた》われる妖精女王のようだ。君にふさわしい獲物を仕留めてくるので、待っていてくれ」

そう言ったグレンディルは再び背筋を伸ばすと、じっと二人のやり取りに注目していた他の側室たちに向かって口を開いた。

「皆もよくぞ来てくれた。我が帝国の誇る後宮の花が、狩猟大会を彩《いろど》ることに感謝しよう。皆、日ごろの疲れを癒《いや》し存分に今日という日を楽しんでくれ」

それだけ言うと、グレンディルは側室たちに背を向けて去っていった。

（まったく後宮に関心がなかった頃に比べれば、これでもマシな方なのかしら……）

もう少し時間があったら、側室一人一人に声を掛けていたのかもしれない。

ただ、彼はそうしなかった。

（……これは演技よ。寵姫から目を逸らさせるために、わざと私にだけ個別に声を掛けられたのだわ）

そう頭ではわかっていても……何故《なぜ》だかエフィニアの心は浮き立つのを止められなかった。

「エフィニア姫はまだお子様でいらっしゃいますからね。皇帝陛下が気に掛けられるのも当然だわ」

「そうそう、子どもだから特別扱いされるのよ」

「お二人が並ぶとまるでご兄妹《きょうだい》のようで微笑ましいわ！」

ピーチクパーチクと側室たちの嫌味が耳に入っても、エフィニアの心は少しも沈むことはなかった。

皆の前に立つ皇帝が簡単な挨拶を述べ、官吏が狩猟大会のルールを説明していく。

ルールは至って簡単で、制限時間内に一番大きな魔獣を仕留めたものが優勝となる。

狩猟大会の参加者は皆奮起しており、野営場の中では妻や婚約者に勝利を約束する戦士たちの姿を見ることができた。

「それでは、狩猟大会を開始します！」

合図とともに、魔の森を包んでいた結界が解かれる。

参加者たちが競うように森の中へとなだれ込んでいく光景を、エフィニアはすがすがしい気分で見送った。

◇◇◇

色とりどりの天幕が張られた野営場は、さながらパーティー会場のようだった。

出張してきた宮廷料理人たちが太陽の下で腕を振るい、着飾った貴婦人たちは互いの衣装を褒めながら「どの参加者が優勝を掻《か》っ攫《さら》うか」という話題に花を咲かせている。

一角に人だかりが出来ているかと思えば、「狩猟大会の優勝者は誰だ！」というネタで賭け事が行われていた。

中でも一番優勝の可能性が高いのは皇帝グレンディルのようで、集まっている者たちはリスクを取るかリターンを取るか迷っているようだった。

（やっぱり、竜族の中でも陛下の実力は抜きんでているのね）

「冷血皇帝」と通り名が示すとおりに、皇帝グレンディルはひとたび戦場に立てば鬼神のような強さと恐ろしさを発揮する。

エフィニアも誘拐されかかった際に、その力の片鱗《へんりん》を目の当たりにしたのだ。

（あの時の陛下は本当に恐ろしいほどの覇気を纏っていらっしゃって……）

あの時の彼の様子を思い出すと、何故だかかぁっと体が熱くなった。

エフィニアは慌ててぶんぶんと頭を振り、近くのテーブルから串焼きを取りおもむろにかぶりついた。

(妖精族にはあんな野蛮な方はいないもの！　ちょっと珍しくてびっくりしただけよ!!)

戦《いくさ》嫌いの妖精族は、男も女ものほほんとした性格の者が多い。

だからうっかりグレンディルの覇気に触れて、猛獣と遭遇した時のように驚いてしまっただけだ——。


何故だかドキドキと鼓動が高鳴っているのを、無理やりそう理由付ける。

だがどうしても、あの時のグレンディルの鬼気迫る表情が頭から離れなかった。

(あぁもう！　どうしてあのお方は不在の時にも私をイラつかせるの⁉)

香草で味付けされた串焼きは、噛《か》みつくとじゅわりと肉汁が染み出して何ともジューシーだ。

傍目には優雅に、だが内心ではホクホクで串焼きを味わうエフィニアの前に、アドリアナたち「自称・エフィニア派」の側室たちが連れ立ってやって来る。

「ごきげんよう、エフィニア様。狩猟大会は楽しまれていまして？」

「えぇ、たまには後宮から出て気分転換をするのも良《い》いですわね」

着飾った人々を眺めるのは目の保養になるし、提供される料理も美味《おい》しい。

イオネラにも「たまにはパーッと羽を伸ばしてきなさい」と自由行動を言い渡したところだ。

「エフィニア様はどなたが優勝するかに賭けられました？」

「わたくしは安牌《あんぱい》をとって皇帝陛下に賭けましたわ」

「うふ、わたくしはクラヴィス様に……」

「わたくしは逆手を取って一番倍率の低い方に賭けましたの！　当たれば大金が懐《ふところ》に入りますのよ！」

どうやら先ほどの賭けは帝国公認のようで、側室たちも楽しそうに賭け事に興じているようだ。

（ふふ、私も誰かに賭けてみようかしら……。ギャンブルなんて初めてだわ）

アラネア商会からライセンス料が入ったおかげで、今のところエフィニアの懐は潤《うるお》っている。

誰に賭けようか……と思案するエフィニアに、遠慮がちに一人の側室が声を掛けてくる。

「あのっ……エフィニア様。少し、よろしいでしょうか……」

エフィニアが振り返ると、そこには最近「自称・エフィニア派」に加わった側室がいた。

確か名前は……。

「アルマ様、どうかなさいましたか？」

そう呼びかけると、側室――アルマは、ほっとしたように表情を緩めた。

「こんな時に大変恐縮ですが……実は、エフィニア様に相談に乗っていただきたいことがございまして……」

アルマは言いにくそうに、ちらりと賭け事の話で盛り上がるアドリアナたちに視線をやった。

なるほど、あまり多くの人には聞かせたくない話なのだろう。

（でも、何で私に？　……私が、この派閥のボスだって思われてるのかしら）

そうだ、そうに違いない……と、エフィニアは若干遠い目になった。

今は忙しいと断っても良かったが、わざわざこんな時に相談を持ち掛けてくるのだ。

きっと、後宮に戻ってからではまずい理由があるのだろう。

(後宮だとどこで盗み聞きされてるかわからないしね……。まぁ、どうせやることもないし話くらいは聞いてあげましょうか)

エフィニアは頷《うなず》き、アドリアナたちに気づかれないようにそっとその場を後にする。

「あの、こちらの方に……あまり人が来ない場所があるんです」

先導するアルマの背中を見つめながら、エフィニアは彼女についての情報を頭の中で反芻《はんすう》した。

(アルマ様……確か竜族で、マグナ帝国の貴族令嬢だったかしら。ご実家はあまり裕福ではなく、数合わせのために身売りのように後宮に入ったとか……)

少し前のお茶会で、アルマが自虐のようにそう話していたことがある。

マグナ帝国の貴族令嬢といっても、誰もがミセリアのようにやりたい放題できるというわけではないようだ。

しばらく歩くと、「魔の森」に接した小さな平地に出る。

アルマはそこで立ち止まると、何やら緊張したように何度も口を開けたり閉じたりしている。

「……ゆっくりで大丈夫よ。何か困ったことでも起こったの?」

エフィニアは努めて優しく呼びかける。

するとアルマは、泣きそうな顔を上げた。

「私、私……」

彼女の顔は蒼白《そうはく》で、体もカタカタと震えていた。

一体どうしたのか……とエフィニアが一歩足を踏み出した、その途端――。

「ごめんなさい、エフィニア様」

アルマがそう絞り出したのとの同時に、魔の森の方向から何かが物凄《ものすご》い勢いで森を駆けてくる音が聞こえた。

「なにっ……!?」

エフィニアが身構えた直後に、木々を突き破るようにしてその魔獣は姿を現した。

エフィニアの背丈の何倍もあるような、真っ黒な巨大な蜘蛛《くも》――。

突如として姿を現したおぞましい魔獣は、複数の真っ赤な目にエフィニアとアルマを捕らえたようだった。

ぞくりと悪寒《おかん》が走ったエフィニアは、とっさに震えるアルマの腕を掴む。

「アルマ様！　今はとにかくここから逃げ――」

だがその途端、アルマは震える手で懐から水晶玉のようなものを取り出し、地面に叩《たた》きつけた。

水晶玉は勢いよく割れ、中に込められていた魔術が解き放たれる。

(これってまさか……結界!?)

水晶玉が割れた地点を中心に、ドーム状の結界が張られていく。

エフィニアは慌てて結界の外へ飛び出そうとしたが、張り巡らされた結界はエフィニアの小さな体ですら外へ逃がすことを許さなかった。

……エフィニアは恐ろしい魔獣と共に、結界の中に閉じ込められたのだ。

（まさか……嵌《は》められたの……？）

エフィニアは呆然《ぼうぜん》と、アルマの方を振り返る。

彼女は絶望に満ちた瞳で、泣きながらエフィニアに謝罪した。

「ごめんなさい、エフィニア様……ここで私と一緒に死んでください……」

震える声でそう絞り出したアルマに、エフィニアはらしくもなく舌打ちしてしまった。

エフィニアは観念して、巨大な蜘蛛へと対峙《たいじ》する。

蜘蛛はまるで威嚇するようにカチカチと牙を鳴らし、不気味な瞳でエフィニアを見ていた。

（これどう見ても……私を獲物だと思ってるわね）

隙を見せれば、あっという間に捕食されてしまいそうだ。

アルマはエフィニアの足元にうずくまり、ひたすらに「ごめんなさい」と繰り返している。

「……アルマ様、立ってください」

「ごめんなさいエフィニア様。わたくしは――」

「いいから立ちなさい！」

エフィニアが叱咤《しった》すると、アルマはびくりと身を震わせる。

「あなたがこんなバカげた行動に出た理由はだいたい想像がつくわ。ここであなたに死なれたら、黒幕を追い詰める証拠が一つ減るのよ！」

蜘蛛を睨みつけたまま、エフィニアは必死に叫んだ。

「私を消そうとしている黒幕がどんな揺さぶりをかけたのかは知らないけど、この件については皇帝が直々に動いているの。あと少し我慢すれば、すべて解決するのよ！」

　エフィニアの希望的観測も含まれていたが、おおむねは事実だ。

　皇帝グレンディルはやっと後宮の現状に気づき始めている。

　じきに、こんな卑怯《ひきょう》な真似《まね》をする黒幕には裁きが下ることだろう。

「こんなくっっだらないことで命を粗末にするのは許せないわ！　私が注意を引き付けるから、あなたは目立たないようにして、危なくなったら逃げなさい!!」

　そう叱り飛ばすと、アルマはふらふらと立ち上がった。

　彼女が蜘蛛の餌食《えじき》にならないように、エフィニアは注意を引き付けようとわざと大きな声で叫んだ。

「妖精王の末裔《まつえい》たるエフィニアの名において命じる……来たれ、〈シルフィード〉！」


「はぁ……はぁ…………！」

　息を荒らげながら、エフィニアは必死に足を踏ん張った。

　目の前では巨大な蜘蛛の魔獣が、「シューシュー」と威嚇《いかく》のような声を上げている。

　精霊を呼び出し応戦し、なんとか蜘蛛の足を三本潰すことには成功した。

　だがその際に、蜘蛛の吐いた毒液を浴びてしまった。

　妖精族であるエフィニアは他の種族に比べれば、ある程度は毒に対する耐性を持っている。

　だがさすがに、目の前の蜘蛛の毒は強力だったようだ。

手足がしびれてうまく動かないし、目がかすんで立っているので精一杯だ。

（……駄目よ。ここで倒れるわけには――）

エフィニアの背後には、震えるアルマがいる。

エフィニアが倒れれば、エフィニアだけでなくアルマも目の前の蜘蛛の餌食になってしまうのだ。

（それに……こんな陰湿な罠《わな》にはまって蜘蛛に食べられるなんて、みっともない死に方はしたくないのよ！）

エフィニアが死ねば、そう仕向けた者は手を叩いて喜ぶだろう。

それは癪《しゃく》だ。だから、何が何でも生き延びなければ……！

（私が長時間戻らなければ、きっとイオネラが気づいて捜索が始まるはず……。それまで、耐えるのよ……！）

ふらつく足を叱咤し、エフィニアは必死に目の前の蜘蛛を睨みつける。

足を三本ももぎ取ったのだ。目の前の蜘蛛も、エフィニアがただのか弱い獲物ではないことに気づいているのだろう。

カチカチと牙を鳴らし、警戒するようにシューシューと息を漏らしている。

「悪いけど、私はまだ死ねないのよ」

残った力を振り絞り、エフィニアは新たな精霊を呼び出す。

「来たれ、〈レッドキャップ〉！」

◇◇◇

鬱蒼《うっそう》と木々が生い茂る森の中で、皇帝グレンディルは軽々と大剣を振り回す。

はらはらと木の葉が舞い、驚いた鳥が飛び立っていく。

それと同時に、グレンディルの一閃《いっせん》を受けた大型の魔獣が、地響《じひび》きと共に大地に倒れ伏した。

「これで何匹目だ？」

「に……二十三匹目です！　陛下！」

「まだそんなものか」

そっけなくそう呟いた皇帝に、付き従っていた侍従たちは仰天した。

狩猟大会が開始して早々、皇帝は物凄い速さで魔獣の討伐を始めた。

表情には出ないが、どうやら相当張り切っているようだ。

例年になくやる気を出した皇帝に、侍従たちはついていくので精一杯である。

皇帝自身は「まだそんなものか」などと言っているが、とんでもない。

この時点で二十三匹もの大型魔獣を討伐したという戦果は、例年ならぶっちぎりで優勝確定な速さだ。

だが皇帝は、まだまだ満足していないようだ。

軽く魔獣の血を拭うと、次なる獲物を求めて走り出す。

「おぉー、いつになくやる気になってんなぁ、あいつ」

そんなグレンディルを見て、同じく狩猟大会に参加していたクラヴィスはにやりと笑う。

「番にいいとこ見せようってか。なんだかんだであいつも板についてきたじゃん」

古くから竜という生き物は、雌が巣を作り、守り、雄は獲物を狩り、餌を巣に持ち帰る――そういった生き方を続けていた。それは竜族も同じだ。

例外がないわけではないが、特に番を得た竜族には、その本能が色濃く出るようである。

エフィニアという「運命の番」と出会ったグレンディルも、彼女のためにより多くの獲物を狩ろうと張り切っているのだろう。

散々焚《た》きつけた甲斐《かい》があったな……と今までの苦労を反芻《はんすう》していたクラヴィスは、急にグレンディルがぴたりと立ち止まったのに気付いた。

「おい、どうした？」

すぐに近寄り声を掛けたが、グレンディルは一点を見つめたまま動かない。

かと思うと、急にぼそりと呟いた。

「……エフィニア」

「えっ？　エフィニア姫がどうかし――」

「エフィニアが、助けを求めている」

そんな馬鹿な、と口にすることはできなかった。

それほどに、今のグレンディルは真剣な表情をしていた。

きっと彼は、何かを――本能的に番の危機を感じ取ったのだろう。

「行かなければ」

そう呟くやいなや、グレンディルの姿が揺らぐ。

次の瞬間、その場に現れたのは……見る者を畏怖させるような、立派な体軀《たいく》を持つ黒の成竜だった。

広げた翼は天を穿《うが》ち、大地を踏みしめる足には鋭い爪。

金色の眼光《がんこう》に睨まれれば、どんな相手でも恐慌状態に陥ることだろう。

立派な角が生えた頭部から尻尾の先まで、硬い黒の鱗《うろこ》に覆われ、並大抵の武器では傷一つつけることすら能《あた》わない。

成竜へと変化を遂げたグレンディルは、クラヴィスですら怯《ひる》んでしまいそうなビリビリとした殺気を纏っていた。

可哀《かわい》そうに、近くにいた侍従などは、その威圧にあてられて腰を抜かしている。

グレンディルは戦闘面においては、優秀すぎるほど優秀な皇帝だ。

特にこの成竜の姿を取れば、まさに向かうところ敵なしの無双状態。まさに大陸の覇者にふさわしい一騎当千《いっきとうせん》っぷりを発揮する。

あまりの殺気に味方すらあてられてしまうことが少なくないので、グレンディル自身普段はこの姿を取ることは避けているようなのだが……。

それだけ、彼にとっては緊急の事態なのだろう。

「へ、陛下……お待ちください！」

必死に制止する侍従の声には耳も貸さず、グレンディルは翼をはためかせたかと思うと、大空へと飛び出した。

そして目にもとまらぬ速さで、どこかへ飛んでいく。

クラヴィスはその姿を、ただ何も言わずに見送った。

皇帝が国の公式行事を途中で投げ出すなど、言語道断の所業だ。

だが……。

「……頑張れよ」

臣下ではなく、友人として。

クラヴィスはただ不器用な皇帝を見送った。

そしてさっそく、慌てふためく侍従たちを宥《なだ》めようとため息をついた。

◇◇◇

「くっ……！」

エフィニアは何とか足を動かそうとしたが、蜘蛛の吐き出した糸によって地面に縫い留《とど》められた足は動かない。

あれから、更に足を二本もぎ取った。

だが、不意を突かれ蜘蛛の吐き出した糸を避けきれず、こうして行動を封じられてしまった。

蜘蛛は勝利を確信したのか、まるでエフィニアを怯《おび》えさせようとするかのように、カチカチと牙を鳴らしている。

（……まだよ。フィレンツィアの王女として、最後まで情けない姿は見せられないわ！）

エフィニアは果敢に、不気味な赤い目をぎらつかせる蜘蛛を睨みつける。

（もう、足を五本も潰したんだもの。あの蜘蛛だって長くはないはず……）

せめて、相打ちまでは持っていきたい。

エフィニアは奥歯を噛みしめて、拳を握り締めた。

（これ以上精霊を召喚すれば、私の命も危ない……。でも、そんなこと言ってる場合じゃないわ）

無様に魔獣に食い荒らされるよりも、最後まで命を燃やし尽くして抗《あらが》いたい。

エフィニアは、潔く覚悟を決めた。

「妖精王の末裔たるエフィニアの名において――」

エフィニアが新たな精霊を召喚しようとするのを悟ったのか、蜘蛛は随分と少なくなった足を不器用に動かし、こちらへと突進してくる。

エフィニアが最後の力を振り絞って、精霊を呼び出すのが早いか。

蜘蛛がエフィニアの元までたどり着き、エフィニアを食らうのが早いか。

（っ、間に合わない……！）

渾身《こんしん》の力を振り絞るように、蜘蛛が跳躍《ちょうやく》し、飛びかかってくる。

大きく開いた口が、エフィニアを丸のみにしようとした瞬間――。

大きく、翼のはためく音が聞こえた。

それと同時にすさまじい熱気を感じ、エフィニアは反射的に目を瞑《つぶ》ってしまう。

慌てて目を開き、エフィニアは目の前の光景と、自分がまだ生きていることに驚いた。

「…………え？」

先ほどまでエフィニアと激戦を繰り広げていた蜘蛛が、目の前に横たわっている。

……全身黒焦げの、ほとんど炭のような状態で。

呆然とするエフィニアの傍らに、何か巨大な生き物が降り立つ。

のろのろと顔を上げたエフィニアの前には……視線だけで相手をひれ伏させるような、恐ろしい黒のドラゴンがいた。

エフィニアの背後で縮こまっていたアルマが、「ヒィッ！」と恐怖に満ちた悲鳴を上げる。

視線だけで相手を射抜くような、鋭い金色の眼光。

硬い鱗に覆われた巨大な体軀に、天を覆うほどの大きな翼。

エフィニアの柔肌など簡単に引き裂いてしまえそうな爪。

通常なら、エフィニアとて目の前のドラゴンに恐怖し、怯えていたのかもしれない。

だが不思議と……エフィニアは目の前のドラゴンに少しも恐れを感じなかった。

それどころか、安堵《あんど》すら覚えていた。

黒竜がゆっくりとエフィニアの方へと顔を近づけてくる。

いたわるように鼻先をこすりつけるその仕草を、間違えるはずがない。

「ふふ……ちょっと痛いわ、クロ」

突然現れた目の前の成竜とあの幼竜は、体色と目の色以外、ほとんど共通点はない。

それでも、エフィニアにはすぐにわかった。

……エフィニアが可愛《かわい》がっているあの小さな竜が、助けに来てくれたのだと。

ゆっくりと手を伸ばし、大きな竜の鼻先を撫《な》でる。

いつものもちもちした柔らかな感触とは違い、随分とごつごつしていた。

そっと喉元に触れると、黒竜は気持ちよさそうにゴロゴロと喉を鳴らした。

普段の可愛らしい鳴き声とは違い、地響きのようなその声に、エフィニアはくすりと笑みを漏らす。

その途端、ふっと緊張が緩んだ。

（あっ、体が、重く――）

急に限界を超えた疲労が襲い掛かり、エフィニアはふらりと倒れてしまう。

だが意識を失う直前に、エフィニアの体はしっかりと抱き留められる。

……硬い鱗ではなく、誰かの暖かな腕によって。

◇◇◇

「うわぁぁぁん、エフィニアさまぁぁぁぁ!!　目を覚ましてくださいぃぃぃぃ!!」

「おい、落ち着けってうさちゃん。医師の見立てだとじきに目を覚ますって――」

「うえぇぇぇぇん！　エフィニア様死んじゃやだぁぁぁ!!」

「こりゃだめだ」

……うるさい。うるさすぎる。

深い眠りに入っていたところだというのに、枕元でギャーギャー騒がれ、エフィニアは最悪の気分で目を覚ました。

「ったく……うるさいわね」

重いまぶたを開き、身を起こそうとしたところで……急に全身が痛んでエフィニアはうめき声をあげてしまった。

「うぐぅ！」

「エフィニアさまぁぁぁぁぁ!!」

更にはものすごい勢いでイオネラに抱き着かれ、一瞬再び意識を失いそうになってしまう。

なんとかイオネラを押し返そうとしていると、近くにいたクラヴィスが、むんず、とイオネラのうさ耳を鷲摑《わしづか》みにして引き離した。

「キエェェェ！　耳に触るのはやめてください！　急所なんです!!」

「おっ、この手触りは中々……」

「うえぇぇぇん、なんで竜族の方は人の言うことを聞いてくれないんですか！　ドラハラです!!」

「まったく……寝起きからつまらないコントはやめてちょうだい」

鉛のように重い体を起こし、エフィニアはそこでやっと違和感に気づいた。

「ここは……」

目が覚めたばかりだというのに、ここはエフィニアの住む後宮の屋敷ではない。

きょろきょろと周囲を見回すエフィニアの疑問に答えるように、イオネラをつついて遊んでいたクラヴィスが教えてくれる。

「あぁ、ここは皇宮の医務室」

「そういえば……最初に皇帝に謁見した時もここに運び込まれたような……」

ぼんやりしていたエフィニアは、はっと今の状況を思い出す。

「ちょっと待って、私……狩猟大会の最中に――」

側室のアルマに呼び出され、ついていったら罠にはまって蜘蛛の魔獣に殺されかけた。

そこを、幼竜クロに助けられ――。

「狩猟大会は⁉　どうなったの！！？」

「いろいろあって中止。ちなみに今日は狩猟大会から三日後な」

「ええっ！！？」

どうやらエフィニアは三日も眠ったままだったらしい。

それも無理はない。ほとんど自分の中の力を使い果たしかけていたのだ。

むしろ、三日で目覚められただけ運がよかった方だろう。

「……アルマ様は、どうなったの」

静かにそう尋ねると、クラヴィスはすっと目を細めた。

「……どうなったと思う？」

……その反応から、おそらく彼女がエフィニアを誘いだしたことはクラヴィスに――おそらくは皇帝グレンディルにも知られているのだろうということがわかった。

「……彼女は貴重な証人よ。きちんと保護してもらわなければ困るわ」

はっきりとそう告げると、クラヴィスはにやりと笑う。

「あはは、ちゃんと手出しできないように隔離《かくり》してあるから安心してくださいよ」

クラヴィスがそう言ったのと同時に、廊下から急ぐような足音が聞こえてくる。

すぐにノックもなしに医務室の扉が開き、姿を現したのは……。

「皇帝陛下……」

「っ……！」

扉の向こうのグレンディルは、エフィニアが目覚めているのに驚いたのか、珍しく目を丸くしている。

やがて彼は一歩一歩ゆっくりとエフィニアの方へと近づいてきた。

そしてエフィニアが身を起こしたベッドの前で立ち止まると、重々しく口を開いた。

「……大事は、ないか」

こちらを見つめる彼の瞳にありありと心配の色が見えたので、エフィニアは安心させるように微笑んで見せる。

「全身がひどくだるいのですが、それだけですわ」

無意識に、グレンディルの手がエフィニアの方へと伸ばされる。

だが彼の指先がエフィニアの肩の辺りに触れる寸前で、躊躇《ちゅうちょ》するようにぴたりと止まってしまった。

彼はまるで触れてしまったらエフィニアが壊れてしまうのではないかとでもいうように、どこかためらうような顔をしていた。

（まったく、私はそんなに弱くはないのよ）

エフィニアは不思議に思い、グレンディルを見上げる。

「ご安心ください、陛下。わたくしはピンピンしておりますので」

胸を張ってそう告げると、グレンディルがほっと息をつく。

そんなグレンディルを見て、クラヴィスはにやにや笑いながら口を出してきた。

「いやいや、姫が寝てる間大変だったんですよ？　意識を失った姫を見つけた陛下が大荒れでそこら中に雷を落としまくるし、なんだかんだで大会は中止になるし……」

「えっ、陛下がわたくしを見つけてくださったのですか？」

そう問いかけると、クラヴィスは明らかに「しまった！」とでもいうような表情になった。

「いや、それがその……」

「あぁ……俺が倒れていた君を見つけ、治療のためここに連れてきたんだ」

「私と一緒にいた竜は⁉　まさかひどいことはしてませんよね！！？」

あの竜はエフィニアを助けてくれたのだが、その場面を第三者が見れば竜がエフィニアを襲ったかのように見えなくもない。

前のめりにそう詰問すると、グレンディルは静かに口を開く。

「……安心していい。あの黒い竜なら、無事に元居た場所に戻っている」

「よかった……」

エフィニアは安堵に胸をなでおろした。

「それにしても……竜って自由自在に自分の大きさを変えられるのですか？」

「…………竜の生態《せいたい》は複雑だ。そのような能力を持っていてもおかしくはない」

「うーん……」

（クロが私を助けるために大きくなってくれたのよね？　それともまさか、元からあの大きさだったとか……？）

今まで幼い竜だと思って可愛がっていたが、実はエフィニアを助けてくれた時の立派な姿がクロの真の姿なのかもしれない。

（また……会えるよね？　今度会ったら聞いてみようかしら）

クロが無事ならそれでいい。

今はそれよりも、気になることがある。

「……陛下、わたくしはアルマ様におびき出され、結界に閉じ込められ魔獣に襲われました。しかしながらその時のアルマ様の態度を見るに、彼女は主犯に脅されていたものと考えます。ですから、彼女に話を――」

「あぁ、俺が直接聞いた」

その言葉に、エフィニアは驚きに目を見開いた。

まさか、「後宮なんてどうでもいい」というような態度を隠しもしなかった皇帝直々に、後宮内の派閥争いの調査を行うなんて！

（……そうよね。禍根の芽を残しておけば、いずれ寵姫様が害される可能性もあるのだから）

だから愛する寵姫に被害が及ばないうちに、真犯人を捕まえておきたかったのだろう。

そう思うと少しむかむかしたが、エフィニアは小さく咳《せき》ばらいをして問いかける。

「……それで、結果は」

「俺の庇護《ひご》下にいる限りは決して手出しをさせないので、真実を話して欲しいと伝え……信を得るのに三日かかった」

「身から出た錆《さび》ですね」

今までまったく後宮の事情を顧みなかったのだ。

いきなり「信じてくれ」と言われても、警戒して当然だろう。

むしろ、たった三日で話してくれたのが驚きだ。

「うぐっ……とにかく、主犯とされる人物の特定はできたんだ」

「……その人物は」

グレンディルとエフィニアの視線が合う。

そして、二人同時に口を開いた。

「「ミセリア・ファルサ」」

グレンディルが驚いたように目を丸くしたのを見て、エフィニアはくすりと笑う。

「ふふ、やはり彼女でしたのね」

「……知っていたのか？」

「そりゃあまぁ、あんなにわかりやすく悪役ムーブをされれば、嫌でも候補には挙がりますわ」

エフィニアに敵意を持っているという意味ではレオノール王女も考えられるが、彼女はこういったこそこそした手段は取らないだろうという確信があった。

レオノールは猪突猛進《ちょとつもうしん》の獅子《しし》姫。エフィニアに文句があるなら、わざわざ捨て駒を使って魔獣に襲わせるなんてまどろっこしい手は使わないで、自ら襲撃してきそうなものだ。

エフィニアはミセリアが黒幕であると確信していたが、グレンディルはそうではなかったようだ。

「……しかし、今のところファルサ公爵令嬢が黒だと示すのはアルマ嬢の証言しかない。俺も、今でも信じられないくらいだ」

「…………え？」

「ファルサ公爵家といえば、古くから続く名家だ。ミセリア嬢も、そんなことを仕出かす人物には見えなかったのだが……」

「ハァ？」

エフィニアは思いっきり表情を歪《ゆが》めてしまった。

話を聞けば、グレンディル自身はミセリアと親しいわけではないが、品行方正な淑女の中の淑女と名高い……との噂《うわさ》を耳にしていたらしい。

（後宮の中と外では、これほどまでに見え方が違うのね……）

ミセリアがとんでもないご令嬢だというのは、後宮内の者であれば誰でも知っていることだ。

エフィニアはあらためて、グレンディルの無関心っぷりに呆《あき》れてしまった。

「……陛下、お言葉ですがミセリア様の危うさは後宮に出入りしていればとうに看破できていたはずです」

「…………あぁ、済まなかった」

「前にもお伝えしましたけど、もっと後宮の内部に関心を持ってください。……大切な寵姫様がいらっしゃるのでしょう？」

そう問いかけると、グレンディルは強く頷いた。

「……あぁ、そうだ。もうこれ以上好き勝手はさせない」

こちらを見つめるグレンディルの瞳は、強い決意を秘めていた。

……大丈夫、彼は正しい方向に向かおうとしている。

少し安堵を覚えながら、エフィニアはそっと問いかける。

「ファルサ公爵家は帝国の名家と聞いております。アルマ様の証言しか彼女が黒幕だという証拠はない中で、どうなさるおつもりですか？」

「ファルサ公爵及びミセリア嬢を皇帝の勅令《ちょくれい》で皇宮に呼んでいる。そこで話を聞く」

「まさか、素直に自白するとでも思っていらっしゃるのですか？」

「……させるさ、どんな手を使ってでも裁きを下す」

ぼそりとそう呟いたグレンディルの金色の瞳が剣呑《けんのん》な色を宿す。

突き刺すような殺気を感じ、エフィニアは思わずぞくりとしてしまった。

エフィニアの背後に控え、事の成り行きを見守っていたイオネラも、「ヒッ！」と悲鳴を上げた。

（……彼は、本気なのね）

冷静に見えるが、彼は内心に燃えるような怒りを抱いているのだ。

ミセリアはグレンディルの大切な寵姫を傷つけかねない存在。

彼女は……竜皇の逆鱗《げきりん》に触れてしまったのだろう。

逆らう者は容赦なく焼き払う「冷血皇帝」――。

その怒りに触れたミセリアは、いったいどうなってしまうのだろうか。

（まぁ、同情なんてしませんけどね）

エフィニアは足に力を入れ、すっと立ち上がった。

「わかりました、ではわたくしも参ります」

「……？　どこに行くつもりなんだ」

「もちろん、ミセリア様の詰問の場ですわ」

にっこり笑ってそう告げると、グレンディルは面食らったような顔をした。

「……冗談を言うな。君はミセリアの直接の被害者だ。顔など合わせなくとも――」

「直接の被害者だからこそ、一言二言申し上げないとわたくしの気が済まないのです！」

たとえこの後ミセリアが竜皇に処断されたとしても、エフィニアの胸にはなんとなくもやもやしたものが残ってしまう。

ミセリアに直接会ってガツンと言ってやらなければ、このもやもやは晴れないのだ。

そう熱弁すると、グレンディルはふっと笑った。

「君は見た目と違い勇ましいな」

「人を見た目で判断するなど愚《ぐ》の骨頂《こっちょう》です。わたくしこれでも、立派な大人ですので！」

グレンディルは感心したように腕を組み、静かに呟いた。

「承知した、同行を許可しよう」

「光栄ですわ、陛下」

そのまま歩き出そうとしたエフィニアを見て、イオネラが慌てたように止めに入ってくる。

「エフィニア様！　三日も寝ていたのに無茶です！」

「歩けるから大丈夫よ。それに、こんな時におとなしく寝てなんていられないわ」

倦怠感《けんたいかん》があり、まるで筋肉痛のように全身が痛むが、歩けないほどじゃない。

とにかく、ミセリアを追い詰める絶好の機会を逃したくはなかった。

「でも、ミセリア嬢に自白させる策はあるんですか？　推定無罪の公爵家のご令嬢に拷問なんて、現段階では無理だぞ」

勇ましく医務室を飛び出そうとしたエフィニアとグレンディルに、クラヴィスが声を掛ける。

その声を聞き、二人は同時に振り返った。

「……陛下、何か策は」

「力ずくで口を割らせる」

「だからそれが駄目なんだって。相手は戦場のスパイじゃねーんだぞ。今までのやり方が通用すると思うなよ」

クラヴィスに口酸っぱく注意され、グレンディルは考え込むように眉を寄せた。

その様子に、エフィニアは今まで彼がどんな人生を送って来たのかを垣間見《かいまみ》たような気がして、乾いた笑いを漏らす。

（……本当に、この方と戦火を交えるようなことにならなくてよかったわ）

グレンディルは怜悧《れいり》な見た目を裏切るように、案外脳筋で力押しな性格なのかもしれない。

そんなことを考えるエフィニアの前で、クラヴィスがにやりと笑う。

「俺、いいこと思いついちゃったんですよね。おそらくミセリア嬢みたいなプライドの高いお嬢様にはよぉく効くと思うんですけど……」

「もったいぶらないで早く言え」

イラついたようなグレンディルの言葉に、クラヴィスはゆっくりと口を開いた。

「陛下とエフィニア姫のお二人で――」

事情聴取のために呼ばれた部屋で、ミセリアは平然とお茶を飲んでいた。

傍らに座すミセリアの父——ファルサ公爵も、余裕の構えを崩さない。

「……はぁ、早く解放して欲しいものですわね、お父様」

「まったくだな。陛下も何を誤解しておられるのか……」

ミセリアは自らの行いを全く反省しておらず、公爵も娘の行いを間違いだとは思っていない。

むしろ、積極的に支援していたくらいだ。

ファルサ公爵家は代々続く竜族の名家である。

だからこそ……「自分たちは選ばれし者である」という選民意識が強かった。

ミセリアは高貴なる竜の姫。

片田舎の妖精族であるエフィニアや、下等な竜であるアルマを排除することなど、道端の小石を蹴飛ばすようなものだ。

いったい、何を咎《とが》められることがあるのか。

「エフィニア王女もひどい怪我《けが》を負ったと聞きます、早く故郷に帰して差し上げればよろしいのに」

妖精族など所詮片田舎の弱小種族。高貴なる竜族の姫であるミセリアからすれば、ブンブンと鬱陶しく飛び回る羽虫のようなものだ。

「……わざわざ警告して差し上げたのに、馬鹿なお方」

ミセリアに逆らわないのなら、適当な虫かごに入れて邪魔にならないところにでも置いてやったのに。

自らそのチャンスをふいにするとは。何と愚かな女だろう。

ミセリアはこれから始まる審問をまったく恐れていなかった。

今まで、自分に歯向かう者は容赦なく潰してきた。

邪魔者を排除することの何がいけないのか。

竜族は強い者ほど崇《あが》められる種族だ。力ずくで物事を解決することこそ、正しい在り方だ。

ファルサ公爵家の力をもってすれば、無罪を勝ち取ることなど簡単だ。

アルマは逃がしてしまったが、逆に言えば彼女の証言以外にミセリアが黒だと示す確固たる証拠はない。

いくらエフィニアが喚《わめ》こうと、何もできやしない。

「……ふふ、次こそは叩き潰してあげるわ」

小さくそう呟き、ミセリアは蠱惑《こわく》的な笑みを浮かべた。

その様子に、室内に控えていた官吏が数人、魅了されたようにうっとりと彼女に熱い視線を注いだ。

美しく強いミセリアこそが絶対正義だ。

皇帝は何を考えているのかエフィニアや「真の寵姫」のことを気にかけているようだが、二人とも叩き潰してしまえば正気に戻るだろう。

ミセリアが皇后としてこの国の……いや、世界の頂点に立つ。

それこそが唯一の正しい形だと、ミセリアは自己陶酔に浸っていた。

やがて部屋の扉が叩かれ、取次の者が慌てたように口を開く。

「皇帝陛下……並びにエフィニア王女殿下がいらっしゃいました！」

皇帝だけでなくエフィニアまでやって来たことで、ミセリアは内心舌打ちした。

まったく……どこまでも邪魔な女だ。

次は、逃がさない。必ず、息の根を止めてやる。

ミセリアの胸の中で、野心の炎が燃え上がる。

殺気を込めて睨んだ視線の先、ゆっくりと扉が開き……。

「遅くなって済まない。マイスウィートハニー・エフィニアが目覚めたというので、一時たりとも離れたくなかったのでな」

「もぉ、ダーリン♡　恥ずかしいわ♡♡♡」

「…………は？」

珍しく呆気にとられ、ミセリアはあんぐりと口を開く。

その視線の先では、グレンディルの首にしがみつくようなエフィニアと、片手で彼女を抱きかかえたグレンディルが、鬱陶しいほどべたべたしながら部屋に入ってきたところだった。

急にバカップル全開のオーラをまき散らしながら入室したグレンディルとエフィニアに、室内の者は皆固まった。

ミセリアもファルサ公爵も控えていた他の官吏も、時が止まったかのように凍り付いている。

彼らの視線を一心に受けながら、エフィニアは甘えたふりをしてグレンディルの胸元に顔をうず

める。

そして……顔を真っ赤にして羞恥心《しゅうちしん》に身もだえた。

（あぁぁぁぁぁぁ、もう！　これでうまくいかなかったらただじゃおかないんだから！）

◇◇◇

勇ましく医務室を飛び出そうとしたグレンディルとエフィニアを引き止めたクラヴィスは、とんでもないことを口にした。

「陛下とエフィニア様のお二人で……周りが砂糖吐くくらいのラブラブカップルを演じるんです」

その言葉に、二人は一瞬、固まった。

だがすぐにクラヴィスがふざけていると判断したのか、グレンディルの表情が一気に険しくなる。

「は？　死にたいのか？？」

「いやいや、本気ですって。ドン引きするくらいのバカップルです。公共の場で見たら『うわっ』ってなる感じの」

「うーん……」

なんとなくクラヴィスが言いたい「バカップル」なるものの想像はついたが、エフィニアには何故今自分たちがそんなことをしなければならないのかわからなかった。

「それで何の意味があるというの。わたくしたちが恥をかくだけなのでは？」

「いいですか、相手はあのミセリア嬢、プライドの塊のようなお方です。素直に吐けと言っても吐くわけがなく、公爵令嬢という立場上、強引な手を使うこともできない」

グレンディルは眉間に皺《しわ》を寄せながらクラヴィスの話を聞いている。

つまらないことを言おうものなら、殴り飛ばすと言わんばかりに拳がぷるぷると小刻みに震えていた。

「だからこそ、ミセリア嬢を挑発するんです。彼女を煽《あお》りまくって、暴発させるんですよ」

クラヴィス曰《いわ》く、ミセリアは人一倍権力や地位に固執しており、何よりも皇后の座に執着しているのだとか。

だからこそ、グレンディルの「運命の番」であるエフィニアを警戒し、害そうとする。

「だからこそ、陛下とエフィニア様が『このうえなくラブラブで幸せで～す♡』みたいなオーラをまき散らしていけば、絶対にイライラして尻尾を出すはずですよ！」

そう、クラヴィスは熱弁した。

彼が真剣にそう言っているのか、それともいつものようにふざけているのか、残念ながらエフィニアには判断がつかなかった。

「今がチャンスです。エフィニア様を仕留めそこなったことは、多少なりともミセリア嬢の計算外だったはず。ストレスも溜《た》まっている事でしょう。このチャンスを逃さず、揺さぶりをかけて彼女の裏の顔を暴き出すんですよ！」

……きっと、あの時のエフィニアの判断力は鈍っていたのだろう。

三日も眠ったままで、起きた直後だったのだ。

色々なことが起こりすぎて、混乱もしていた。

だから……クラヴィスの口車に乗せられて、エフィニアはうっかり彼の策に頷いてしまったのだ。

8 妖精王女、反撃に出る

Unmei no tsugai

「あの、陛下……」

「何だ?」

エフィニアを膝に乗せて、何事もなかったかのように席に着いたグレンディルに、おそるおそる官吏が声を掛けてくる。

「エフィニア姫が同席されるのは、その——」

「俺が許可した。もう一秒たりとも彼女の傍《そば》を離れるのは耐えられないんだ」

「……姫の分の席も用意いたしますが」

「必要ない、姫の席は未来永劫《えいごう》俺の膝の上だ」

「……承知いたしました」

狐《きつね》につままれたような顔で、官吏はふらふらと離れていく。

下手につっついて、グレンディルの怒りに触れたくはないのだろう。

ちくちくと視線が刺さるのを感じながら、エフィニアは羞恥に赤らんだ頬をやけくそ気味にグレンディルの腕の辺りに押し付けた。

(うぅ、恥ずかしい……。いくら作戦とはいえ、こんなことをするなんて……)

エフィニアは「恥ずかしくて穴があったら入りたい」状態でグレンディルの脇の下あたりに顔を

突っ込んでいるが、傍《はた》から見れば、公共の場でいちゃつくバカップルそのものだった。

（陛下も陛下よ。寵姫《ちょうき》様がいらっしゃるのに、こんな……いえ、きっと寵姫様を守るために仕方なく演技をしていらっしゃるのだわ）

その実、グレンディルはエフィニアが素直に自分の膝の上に収まってくれたことを静かに喜んでいたのだが……もちろん、エフィニアにはそんな彼の心を推し量れるわけがなかった。

（だいたい、こんな稚拙な作戦にミセリア様が簡単にひっかかるわけが――）

「皇帝陛下、失礼ながらそのようにエフィニア姫を膝に乗せられるのはいかがかと思われますが」

（普通に食いついてきたー!!）

エフィニアが振り返ると、ミセリアが苛立《いらだ》ちを隠しもしない表情でこちらを睨《にら》みつけていた。

そんなミセリアを、慌てたようにファルサ公爵が宥《なだ》めている。

「ミセリア！」

父親に注意を促され、ミセリアははっとしたような表情になる。

空気を変えるように咳《せき》ばらいをすると、にっこりと優しげな笑みを浮かべた。

……相変わらずその目には、隠し切れない殺意が滲《にじ》んでいたが。

「……失礼いたしました、陛下、エフィニア様。エフィニア様はあのような被害に遭われたばかりなのです。このような場に引きずり出すのは酷ですわ」

言葉だけを聞けば、エフィニアの身を気遣っているようにも聞こえる。

……エフィニアを襲わせた容疑者（仮）の口から出ている言葉だということを、忘れてはいけないが。

「私は大丈夫」とエフィニアは言おうとしたが、それより先にグレンディルが口を開いた。

「心配は有難《ありがた》いが、俺がハニーと離れたくないいんだ。また俺のいない隙に、ハニーが危険な目に遭うかと思うと公務もままならない。しばらくはこのスタイルで行こうと思う」

いつも通り無表情で、グレンディルはとんでもないことを言いだした。

部屋の隅に控える官吏の何人かが、自分の耳が正常かどうか確かめているのがエフィニアの視界に入る。

「……そう、ですの」

ミセリアの微笑《ほほえ》みが固まる。

彼女はギリ……と奥歯を噛《か》みしめ、憎々しげにエフィニアを睨んでいた。

「……わたくし、皇帝陛下がご寵愛《ちょうあい》なさっているのはエフィニア様ではなく、他の方だとお伺いしておりましたが……やはり『運命の番』の習性には逆らえないのですね」

「ミセリア！　口を慎みなさい！　皇帝陛下の御前だぞ!!」

ファルサ公爵が慌てたように注意したが、ミセリアは止まらない。

その様子を見て、エフィニアは悟った。

（あぁ、この方はきっと……）

今まで、ミセリアの思い通りにならないことなど何もなかったのだろう。

彼女が何かを望めば、すぐに周囲の者が望みを叶《かな》えてきた。

だから、きっと彼女は……自分の思い通りにならない時の、感情の抑え方を知らないのだ。

（私も王女だけど……思い通りにならないことだらけだったわ。おやつの取り分でお兄さまやお姉さまと喧嘩《けんか》することなんて日常茶飯事だったし……）

エフィニアがそんな風に過去の思い出に浸っている間にも、どんどんと事態は進んでいく。

「ハニーを失いかけて初めて、俺は彼女を何よりも大切に想《おも》っていることに気づいた。今は『運命の番』という関係を越えて、彼女に惹《ひ》かれている」

「……それはまやかしです、陛下。あなたはただ、『運命の番』という呪いに惑わされているだけですわ。そうでなければ……何故《なぜ》強くも美しくもない片田舎の王女などに心奪われましょうか……！」

「ミセリア！　落ち着きなさい！」

グレンディルはさも「最愛の番です」とでもいうようにエフィニアを抱き寄せ、ミセリアを挑発する。

怒りで周りが見えなくなったミセリアは、見事に彼の挑発に引っかかってしまったようだ。

「……誰かを好きになるのに、理由がいるのか？」

穏やかな笑みを浮かべてグレンディルはそう言い放つ。

その言葉が、最後の引き金を引いてしまったのかもしれない。

「……そうですか、わかりました」

顔を上げたミセリアからは、不気味なほど表情が抜け落ちていた。

かと思うと、彼女は一歩足を踏み出し、ダン！と強く床を踏みつけ叫んだ。

「ならば……その番とやらを消し去って、わたくしが目を覚まして差し上げましょう!!」

ミセリアの立っている場所から、凄《すさ》まじい熱風が吹き付ける。

固唾を飲んで状況を見守っていたエフィニアも、思わず目を瞑《つぶ》ってしまった。

そして、目を開けると……。

「っ……！」

そこには、美しい真紅の体軀《たいく》を持つ巨大なドラゴンがいた。

ばさりと広がった翼は高い天井に届きそうなほど。

爛々《らんらん》と燃え盛る炎のような瞳は、まっすぐにエフィニアを見つめている。

（これが……ミセリア様……？）

呆然《ぼうぜん》とするエフィニアの前で、美しい真紅の竜が大地を揺るがすような咆哮《ほうこう》を上げる。

衝撃で、室内の官吏やミセリアを止めようとしたファルサ公爵までもが吹き飛ばされた。

「きゃっ……！」

もちろんエフィニアの小さな体も吹き飛ばされそうになるが、しっかりとグレンディルに抱きかかえられ守られた。

この場で、グレンディルだけは少しも揺らいでいない。

彼は冷静に、自身とエフィニアの周囲に防御結界を展開した。

「……どうやら、ミセリア嬢は我を失っているようだな。しかし彼女の竜化した姿は初めてお目にかかるが、見事なものだ」

「感心してる場合じゃないですよ！」

ミセリアが大きく口を開けたかと思うと、業火のブレスが放たれる。

エフィニアは思わず身を硬くしたが、グレンディルの結界に阻まれ炎がエフィニアの所に届くことはなかった。

「……なるほど、思った以上の威力だ」

グレンディルとエフィニアは火傷《やけど》一つ負っていない。

だが、室内はミセリアの放ったブレスにより一気に燃え上がった。

もしもグレンディルの結界がなければ……と考えてしまい、エフィニアはぞっとする。

ミセリアは何事か吠《ほ》えながら、ガンガンと鋭い爪でグレンディルの結界を殴りつけている。

やがて結界にぴしり、とひびが入り、グレンディルがすっと目を細めた。

「……なるほど、さすがは純血の古代竜の末裔《まつえい》。思った以上の破壊力だな」

「陛下……」

結界を維持するグレンディルの表情にも少し疲れが滲んでいる。

ミセリアの攻撃は激しくなるばかりで、このままでは結界が破られるのも時間の問題かもしれない。

エフィニアはごくりと唾を飲み、真紅の竜となったミセリアを見上げた。

彼女の燃え盛る業火のような瞳は、真っすぐにエフィニアへと向けられている。

……彼女のターゲットは、彼女が消したいのは、他ならぬエフィニアなのだ。

「私が、出ていけば……」

ぽつりと、エフィニアはそう零《こぼ》してしまった。

するとそんなことはさせないとでもいうように、グレンディルがエフィニアを抱き留める腕に一層力を込めた。

「エフィニア姫」

「……はい」

「俺がいる限り、君にそんなことをさせはしない。君だけは……何に代えても俺が守って見せると誓う」

その言葉に、エフィニアの胸に甘い痛みが走った。

(そんなこと言って、本当に大切なのは寵姫様のくせに……)

エフィニアのことなど、なんとも思っていないくせに。

「あんな子どもみたいなのが番とは心外だ」と、そう言ったくせに。

それでも……何故か今だけは、彼の言葉を信じたくなってしまった。

グレンディルの袖を摑《つか》んで、エフィニアは無言で頷《うなず》いた。

その様子を見届けると、グレンディルは身を屈《かが》めエフィニアの耳元で囁《ささや》いた。

「俺の背中に摑まってくれ。悪いようにはしない」

エフィニアは素直に、ぎゅっと彼の背中にしがみついた。

「少しの間、目を閉じていてくれ」

背中に顔を押し付けるようにして、エフィニアは目を閉じる。

すぐに、変化《へんげ》は起こった。

（え……？）

ずっと触れていたグレンディルの背中が、何やら硬質な感触に変化していく。

それと同時に体が一気に浮き上がるような感覚がして、エフィニアはとっさに何か硬いものを掴んだ。

魔力がほとばしり、結界がはじけたのが肌で分かった。

反射的に目を開き、エフィニアは目の前の光景が信じられずに大きく目を見開く。

視線が、高い。

エフィニアは天井近くで、まるで部屋全体を見下ろすような立ち位置にいた。

……巨大な、黒い竜の背に乗って。

「え…………？」

その竜は、ミセリアよりもさらに大きかった。

どうやらエフィニアが掴んでいたのは、竜の背中のトゲのような部分だったようだ。

（この竜、まさか……）

魔獣に襲われた際にエフィニアを救ってくれた竜――クロだ。

直感的に、エフィニアはそうわかった。

エフィニアを振り落とさないようにゆっくりと、竜が首をもたげる。
ミセリアは一瞬その姿に怯《ひる》んだように見えたが、すぐに威嚇《いかく》するように咆哮を上げた。
黒竜がエフィニアを守るように翼を広げる。
その姿が気に喰《く》わなかったのか、ミセリアは大きく口を開いた。
その喉の奥には、巨大な炎が渦巻いている。
……彼女は黒竜もろとも、エフィニアをブレスで焼き尽くすつもりなのだ。
エフィニアはぎゅっとトゲにしがみつき、鼓舞《こぶ》するように名を呼ぶ。
「……グレン様！」
何故だか喉の奥から出てきたのは「クロちゃん」ではなく、その名前だった。
その声に呼応するように、黒い竜も大きく口を開く。
ブレスとブレスが激しくぶつかり……大爆発が起きる。
熱風が吹きすさび、火の粉が激しく降り注ぐ。
すると黒竜が翼をすぼめ、まるで盾のようにエフィニアを守ってくれた。
（まったく……竜族って本当にめちゃくちゃだわ！）
ぎゅっとトゲにしがみつき、エフィニアは目を瞑った。
やがて熱風が収まり、外がにわかに騒がしくなる。
「火事だ！」
「水魔導士を呼べ!!」

「アー！　あれだけ金をかけた天井画が黒焦げにぃぃぃ!!」

おそるおそるエフィニアが目を開けると、黒竜は変わらずそこに立っており、ミセリア——真紅の竜は……力尽きたように地面に倒れ伏していた。

エフィニアは滑り落ちないように気を付けて、鱗《うろこ》を伝うように床へと降り立つ。

エフィニアが床に降りると、黒竜は心配そうに首をもたげ、こちらへ視線を向けた。

優しい色を宿した金色の瞳と目が合い、エフィニアは微笑む。

「……また助けてくれたのね、クロ」

目の前の黒竜は、魔獣に襲われたエフィニアを助けてくれた竜と同じだった。

つまりはエフィニアが可愛《かわい》がっている幼竜クロと同一な存在なわけで。

しかし、先ほどの状況を踏まえると……。

（あれ、私は陛下の背中に掴まっていて、陛下がこの黒い竜になって、ということは……）

そこで初めて重大な事実に気づき、エフィニアは心臓が口から飛び出そうになってしまう。

（陛下はこの黒竜で、黒竜はクロちゃんで、つまり……陛下＝クロちゃんってコト！！？）

呆然とエフィニアが見上げた先で、黒竜は不思議そうに首を傾《かし》げた。

……幼竜クロと、そっくりの仕草で。

…………。

「きゃあぁぁぁぁぁ！！！」

混乱が限界値を超えたエフィニアは絶叫し、脱兎《だっと》のごとくその場から逃げ出した。

――『どこかから迷い込んだのかしら……？　おいでー、怖くないよー』

――『かわいい、あったかい……』

――『はい、あーん』

まさか、まさか……あれが皇帝陛下だったなんて！

エフィニアが逃げ出したのに驚いたのか、黒竜――グレンディルは驚いたように後を追いかけてくる。

「グルルゥ！！？」

……あまりに急いでいたのか、うっかり変化を解かないままに。

「陛下がご乱心だぁ!!」

「番様に襲い掛かろうとしているぞ！　やはり真正ロリコン――」

「うぎゃあ！　あれだけ金をかけたインテリアがめちゃくちゃにぃぃぃ！！！」

ドスドスドスという常軌《じょうき》を逸した足音と、王宮の備品がなぎ倒される音。官吏たちの悲鳴。

そんなハーモニーを背に、エフィニアは逃げ続けた。

――『デザートはどう？　とっても美味《おい》しいのよ！』

――『私の膝で食べたいの？　しょうがないわね……』

――『あらあら、たくさん食べたら眠くなっちゃったの？　よかったら泊まっていく？』

思い返せば、相手を見た目通り幼い竜だと思い込んでしてやったあれこれが蘇《よみがえ》る。

膝に乗せ、食事をあ～んしてやり、あまつさえ添い寝なんて……。

「ああああぁぁぁぁ！！！」

顔を真っ赤に染め、エフィニアは叫びながら走る。

「グルゥ！　グガァァァ！！！」

背後からは「待ってくれ！」とでもいうような竜の咆哮が聞こえるが、もちろん止まるわけにはいかない。

（だって……どんな顔して顔を合わせればいいのよぉぉぉ!!）

この日、王宮中を巻き込んだ地獄の鬼ごっこは日暮れまで続き……王宮にいた者のほとんどが、「竜化した皇帝が無我夢中で運命の番（外見幼女）を追いかけまわす」という奇妙な光景を目にした。

エフィニアは見かけによらず体力があり、最終的には後宮の屋敷の中に逃げ込んだエフィニアに、外からグレンディルが「グルルゥ……」と悲痛な声で呼びかけるという形に落ち着いたのだった。

「エフィニアさまぁ、まだ陛下が外にいらっしゃいますよ……」

カーテンの隙間から外を覗《のぞ》いたイオネラが、おそるおそるそう報告してくる。

その報告に、エフィニアはちらりと窓の方へ視線を向けた。

エフィニアの屋敷の玄関前には、やっと変化を解いて元の姿になったグレンディルが座り込んでいる。

彼の立場からすれば屋敷の中に無理やり押し入って来ても文句は言えないのだが……そうしないのが、彼らしいのかもしれない。

「な、中に入れて差し上げたらどうですか……？」

「…………そうね」

籠城していたエフィニアも、いつまでもこのままでいられないことはわかっている。

だが、どうにも顔を合わせにくかった。

あの幼竜の正体がグレンディルだと知らず、随分と馴《な》れ馴《な》れしく可愛がってしまった。

それに加えて……エフィニアはもう一つの可能性に気づいてしまったのだ。

「うぐぐ……」

しばらく屋敷の中をうろうろしたり、唸《うな》ったり、精霊にごはんをあげたり、また唸ったりしていたが……エフィニアはついに立ち上がった。

「……陛下と、話をするわ。あなたは隣の部屋で待機してもらえるかしら」

「承知いたしました！　あの、エフィニア様……危なくなったらすぐに飛び出しますのでご安心を!!」

勇ましくそう言ったイオネラだが、彼女の足とうさ耳はぶるぶると震えていた。

その様子を見て、エフィニアはくすりと笑う。

「大丈夫よ、陛下は話せばわかる方よ」

……たぶん。

そう心の中だけで付け加え、エフィニアはエントランスから外へ続く扉を開く。

扉が開いた途端、外にいたグレンディル……と彼の付き添いと思われるクラヴィスが敏感に反応した。

「あー、開いた！　ほら今だ！　土下座しろ‼」

「……その必要はないわ」

応接室までやって来ると、エフィニアは扉を大きく開き、二人を中に招き入れる。

エフィニアは振り返りクラヴィスに声を掛ける。

「……悪いけど、陛下と二人で話がしたいの」

「えっ、三者面談じゃなくて大丈夫っすか？」

「大丈夫よ」

クラヴィスは何度も何度も心配そうにこちらを振り返りながら退室した。

部屋の中に残されたのは、エフィニアとグレンディルの二人だけだ。

「どうぞ、お掛けください」

「………………あぁ」

静かに椅子に腰かけたグレンディルは、随分と憔悴《しょうすい》した顔をしていた。

エフィニアは平静を装い、彼にお茶を出してやる。

彼が一息ついたのを確認して、エフィニアは意を決して口を開く。

「……確認いたしますが、陛下はたびたび、小さな竜の姿で私のもとを訪れていらっしゃいますよね」

その場に重い沈黙が落ちる。

やがてグレンディルは、重々しく肯定を返した。

「…………あぁ」

「わたくしがまったく気づかずに、撫《な》でたり食事をあげたりする姿を見て笑っていらっしゃったのですか」

「それは違う」

グレンディルは即座に否定した。

彼は苦渋を滲ませた表情で、まっすぐにエフィニアを見つめている。

「……最初は、君の様子が気になったんだ。だが『二度と関わるな』と言われた手前、この姿で会いに行くことはできなかった」

「片田舎の弱小国の王女の言葉など、無視なさればよろしかったのに」

「……そうしたくはなかった。君の意志を、踏みにじりたくはなかったんだ」

どこか苦しそうにそう零《こぼ》すグレンディルに、エフィニアは内心で嘆息した。

……本当は、わかっている。

彼がエフィニアを軽んじて嘲笑《あざわら》ったりするような人物ではないことくらい、とっくにわかっているのだ。

「君の傍は居心地が良かった。だから、何度も何度も君のもとを訪ねるのをやめられなかったんだ」

「わたくしのベッドでともに眠ったのは、わざとですか」

「わざとではない！　あの時は、つい気が抜けていて……誓って、何もしていないぞ!!」

らしくもなく焦るグレンディルに、エフィニアは思わず笑いだしたくなってしまう。

思えばあの時は、すやすや寝てしまった幼竜をエフィニアが自らのベッドに寝かせたのだ。

正体を知らなかったとはいえ、エフィニアにも責任がないといえなくはない。

それに……あの夜のことで、エフィニアは彼に確認しなければならないことがあるのだ。

「あの夜、皇帝陛下はわたくしの屋敷で一夜を過ごされたのですか」

「あぁ……不覚にも目覚めたら既に朝だった。普段だったらあそこまで熟睡することはないのだが……」

グレンディルは、確かにそう言った。

その表情からは、とても嘘《うそ》をついているようには見えない。

だが、そうなると……エフィニアのとある推測が真実に近づいてしまう。

己の一夜のあやまちをひたすら悔いるグレンディルの真向かいで、エフィニアはひそかに身もだえていた。

(だって、だってそうなると……！)

「皇帝の寵姫」騒動が始まったのは、ちょうど幼竜クロがエフィニアの屋敷に泊まった翌日からだ。

あの時、「皇帝は後宮のどこか――寵姫のもとで一夜を過ごしたらしい」と噂《うわさ》になっていた。

だが、今の話だと……グレンディルが一夜を過ごしたのはエフィニアの屋敷だということになってしまう。

だとすると、例の寵姫というのは……。

「陛下、もう一つお伺いしたいことがございます。ここ最近後宮を騒がせていた寵姫というのは……どなたのことだったのでしょうか」

意を決して、エフィニアはそう問いかけた。

するとグレンディルは、観念したとでもいうように大きく息を吐く。

「…………いない。君のところから逃げ出す途中に女官に姿を見られ、そのような噂が広まってしまったようだ」

(なんて人騒がせな!!)

エフィニアは、後宮の大騒動の裏側が、ただの皇帝の不用意な行動からの勘違いであることにたいそうあきれ返った。

だが、それと同時に……随分と安堵《あんど》したのも事実だ。

(なんだ……寵愛なさっている側室なんて、いなかったのね)

意外と不器用なグレンディルのことだ。

「実は皆が噂するような寵姫なんていない」ということを、言うタイミングを逃してしまったのだろう。

そう思うと、何故だか胸がポカポカと暖かくなる。

にやけそうになるのを抑えながら真面目な顔を作るエフィニアに、グレンディルが一枚の紙を差し出す。

「……それと、遅くなってしまったが、これを」

「…………？」

一体何だろう、と首を傾げながら、エフィニアは差し出された紙を手に取る。

その途端目に入って来た文字に、エフィニアは目をみはった。

――『帰国許可証』

グレンディルが寄越した用紙は、後宮から祖国への帰国の許可証だったのだ。

「あ……」

そこで、エフィニアは思い出した。

――『君が故郷を恋しく思うのも当然だ。フィレンツィアの国王に連絡を取り、面倒な手続きを踏むことになるが……君の一時帰国についても進めよう』

いつぞやの外出の際に、故郷を恋しく思うエフィニアに彼はそう言ってくれた。

あれは……口からのでまかせなどではなかった。

彼は、きちんと約束を守ってくれた。

「……ありがとうございます」

万感の思いを込めて、エフィニアは頭を下げる。

「……いろいろと、済まなかった。君が望むなら、すぐにでも帰国の手はずを整えよう」

「ええ、ですが……あと少し、やり残したことが」

そう言って、顔を上げたエフィニアはにっこりと笑った。

◇◇◇

エフィニアを始めとする側室への傷害及び殺害未遂。

次から次へと芋づる式に出てくる余罪を、意外なことにミセリアはあっさり自らが指示したと認めた。

裁判の場で久方ぶりに顔を突き合わせた彼女は、まるで憑《つ》き物《もの》が落ちたかのようにすっきりとした顔をしていた。

そのことに、エフィニアは驚いたものである。

だが、それ以上に驚いたのが……。

「まさか、ミセリア様が自ら兵役《へいえき》を志願なさるなんて」

彼女の重すぎる罪をどうあがなうかは、随分と意見が割れた。

処刑か、幽閉《ゆうへい》か、金を積むか……だが、ミセリアが選んだのは危険地帯への兵役という予想もつかない道だった。

なんでも古くから竜族は、罪を犯した者を戦場に送り危険任務に当たらせていたという。

いかにも戦闘民族らしい考え方だと、エフィニアは少し感心したものである。

大陸は帝国によって統一され、一応は平和を保っている。

だが帝国は、海を越えた先にある強力な魔獣が闊歩《かっぽ》する大地——通称「未踏大陸」の調査を進めており、ミセリアは調査隊の最前線へ赴くことになった。

常に危険な魔獣の襲撃に晒《さら》され、未知の環境でのサバイバルが求められる過酷な役目である。

エフィニアはミセリアのようにプライドの高い姫であれば、かえって死を選ぶのではないかと思っていたので少しだけほっとした。

妖精族は無駄な殺生《せっしょう》を嫌っている。

ミセリアには随分と煮え湯を飲まされたが、彼女にはしっかりと生きて罪を償ってほしかったのだ。

旧・ミセリア派の中には、ミセリアの決断に心酔し彼女と共に未踏大陸に赴く者もいれば、こそこそと後宮を去るもの、ころっと鞍替《くらが》えしてエフィニアに媚《こび》を売ってくる者もいた。

もちろんエフィニアは相手にしなかったが、これによって後宮の様相は大きく変わったものである。

ミセリアが旅立つ日、エフィニアはわざわざ彼女を見送りに出た。

ミセリアはエフィニアがやって来たのを見て顔をしかめたが、すぐにツン、と取り澄ましたような表情に戻る。

そんな彼女に、エフィニアはそっと声を掛けた。

「ミセリア様がいなくなって、後宮は随分と静かになりましたわ」

「……何それ、嫌味かしら」

「その通りです」

「あなた……見た目に似合わずにいい性格してるわね。前から思ってたけど」

「それはお互い様でしょう?」

エフィニアが微笑むと、ミセリアのこめかみがぴくぴくと苛立ったように動いた。

彼女には散々迷惑をかけられたので、このくらいの意趣返しは甘んじて受け入れて欲しいものだと、エフィニアは笑う。

「……何故、危険な場所へ赴くことを選択されたのですか」

無視されることも想定していた。

だがミセリアは、意外にもあっさりと答えを教えてくれた。

「わたくし、世界の頂点に立ちたいの」

「はい?」

「最初は皇后の地位についてやろうと思ってたわ。でも、よく考えれば面倒なのよね。だから……どうせなら帝位《ていい》を頂くことにしたのよ。皇后ではなく、皇帝を目指すことにしたわ」

「え?」

「今のままではグレンディル陛下に敵《かな》わないことがわかったわ。だから、更なる強さを手に入れて凱旋《がいせん》を果たすつもりよ」

「え、え?」

「首を洗って待っていなさいと、陛下に伝えて頂戴」

それだけ言い残すと、ミセリアは彼女と運命を共にすることを選んだ取り巻きたちを連れて、エフィニアのもとを去っていった。

呆然《ぼうぜん》とその背中を見送り、エフィニアは呟《つぶや》く。

「ほっっっんと、竜族って意味が分からないわ！」

だが、この場所での経験を経て、エフィニアにもわかったことがある。

竜族は……意外と脳筋気味の種族だ。

ミセリアも、その例に漏れなかったということだろう。

「異種族コミュニケーションって、思ったより難しいのね……」

乾いた笑いを漏らしながら、エフィニアも踵《きびす》を返《かえ》しその場を後にした。

◇◇◇

「いや～、さすがは聡明《そうめい》なエフィニア王女！　あのミセリア様を追っ払うなんて！　賢いエフィニア様ならおわかりでしょう？　私めは、あの性悪女に脅されていたのです‼」

ぺらぺらとよく回る口だ……などと想いながら、エフィニアは必死に媚を売る女官長を眺めていた。

ミセリアが失脚してすぐに、女官長は態度を一八〇度変えてエフィニアに媚を売り出したのだ。

曰《いわ》く、自分はミセリアに脅されていただけで、今までの数々の嫌がらせは本意ではなかった。

もちろん、聡明なエフィニア王女なら助けてくれるでしょう？　……と。

エフィニアは否定も肯定もせずに、ただのんびりと屋敷を掃除していた。

別に女官長を招いたつもりはなく、ただ換気のために扉を開けていたら入って来たのである。

「……そろそろかしら」

ぽつりとそう呟くと、過剰に反応した女官長が縋《すが》るような目をこちらに向ける。

「ええ、お優しいエフィニア王女ならそうおっしゃってくださると信じておりました！　これだけ謝っているのだから、そろそろ許して下さ――」

言葉の途中で、来客を知らせるベルが鳴る。

エフィニアがエントランスへ向かおうとすると、すかさず点数を稼ごうとした女官長が走り出した。

「私が見て参りましょう！」

シュババッと走り出した女官長が、勢いよくエントランスの扉を開ける。

だが次の瞬間、彼女の表情は凍り付いた。

「女官長か、久しいな。査問会以来か？」

「こ、皇帝陛下……？　なぜ、こちらに……」

扉の向こうに立っていたのは、この後宮の主――グレンディルその人だったのだ。

その姿を見た途端、女官長の顔色がさっと青ざめた。

「女官長の居場所を聞いたら、ここに来ているとのことだったのでな」

「そ、そうです！　エフィニア様が快く迎えてくださったのですよ!!」

エフィニアがエントランスに到着した時は、蒼白《そうはく》になった女官長がなにやら早口で皇帝にまくしたてているところだった。

「御機嫌よう、陛下」

「エフィニア姫、急に済まなかったな。君も気になっていただろう。査問会の結果が出た」

「まぁ！」

「査問会」の言葉が出た途端、女官長が顔を引きつらせた。

その様子を横目で見ながら、エフィニアは優雅に微笑む。

ミセリアの件が一段落してしばらく、エフィニアは今までの女官長の不正の証拠を集め、報告書にまとめ皇帝に提出した。

その結果、女官長に対する査問会が開かれ、彼女の様々な悪事が明るみに出たのだった。

職務怠慢《しょくむたいまん》、横領《おうりょう》、越権行為《えっけんこうい》……まさに「小悪党」と呼ぶのにふさわしい、みみっちい悪事の数々であった。

女官長自身は「すべてミセリアの指示で自分は逆らえなかった」という主張を崩さないが……個々の不正を見ていけば、ミセリアに関係なく彼女が独自で行ったと思わしきものも少なくはなかった。

今日は、その査問会の結果が知らされる日である。

「陛下、この通り今のわたくしは誠心誠意エフィニア王女にお仕えしております。ですから、どうぞ温情を――」

「そうか。ではこれを」

女官長の目の前に、皇帝が一枚の紙をぶら下げた。

エフィニアにも、でかでかと冒頭に記されている文字がよく見える。

――『解雇通知書』

その文字を見た途端、青ざめていた女官長の顔は更に真っ白になってしまった。

「な、なな……そんなわけが……何かの間違いです！　陛下！　もう一度きちんと調査していただければ――」

「解雇日は本日より三十日後だ。不服がある場合は十日以内に人事院に申し立てるように」

言い縋《すが》る女官長に、グレンディルはそっけなくそう告げただけだった。

これ以上何を言っても無駄だと悟ったのだろう。

女官長はへなへなとその場に崩れ落ちた。

「法にのっとった解雇通知ですわね、皇帝陛下」

いつぞやの、女官長がイオネラに突きつけたようなでたらめな解雇じゃない。

きちんと帝国法に定められた手続きにのっとった、模範的な解雇である。

にっこりと笑うエフィニアに、グレンディルも口元を緩める。

だがすぐにエフィニアの背後の屋敷の様子に気づいて、彼は切なげに眉を寄せた。

「……行くのか」

「ええ、準備が整いましたので。……明日、出立いたします」

その言葉を聞いて、グレンディルはぐるりと屋敷内を見回した。

エフィニアの帰国の準備が整い、随分と寂しくなった屋敷を。

◇◇◇

「うゔ、えびにあざば〜！　わだじっ、ずっとまっでまずがら！」

「まずは涙と鼻水を拭きなさい、イオネラ。みっともないわよ」

ずびずびと泣くイオネラを慰めながら、エフィニアはくすりと笑った。

今日、エフィニアは後宮を発《た》ち故郷への帰路に就く。

再びここに戻って来るかどうかは……。

イオネラはエフィニアが戻って来る日まで屋敷を死守すると言ってきかず、グレンディルもそれを認めた。

そのため彼女は、いつものメイド姿でずびずび泣きながらエフィニアの見送りに来てくれたのだ。

「寂しくなりますわね、エフィニア様」

「アドリアナ様は、後宮に残られるのですか？」

「えぇ、しばらくはこちらに居ようと思っております」

「アドリアナ様がいらっしゃれば、後宮は安泰ですわね」

自称・エフィニア派の筆頭側室――アドリアナや他の側室も見送りに来てくれた。

ミセリアが去り、皇帝グレンディルが側室たちの意向を尊重するようになったことで、後宮は大きく様変わりした。

ぽつぽつと、後宮を去る側室も出始めている。

いずれまた「次のミセリア」が生まれるのではないかとエフィニアはひそかに心配していたが、アドリアナが目を光らせてくれるのなら安心だろう。

「エフィニア様、これお土産です！　珊瑚《さんご》の髪飾りですわ！」

「わたくしからは特注の羽毛枕です！」

続々と集まって来た側室から土産を手渡され、エフィニアの荷物は既にはちきれそうだ。

馬車に入るかしら……と心配していると、にわかに側室たちが騒ぎ出した。

「見てください、あれ……！」

「皇帝陛下だわ！」

「エフィニア様を引き止めにいらしたのよ‼」

「では、邪魔者は退散しますので～」

何を勘違いしたのか、側室たちはずびずび泣くイオネラを引っ張って風のように去っていった。

入れ違いでやって来たグレンディルが、周囲を見回し呟く。

「……？　側室たちとの挨拶は終わったのか？」

「ええ、おかげさまで」

照れ隠しに拗《す》ねたようにそう言うと、グレンディルは不思議そうに首を傾げた。

その仕草がどこか幼竜クロを思わせて、エフィニアはくすりと笑ってしまう。

こうしてみると、皇帝グレンディルと幼竜クロの似ている点をいくつか見つけることができる。

あらためてエフィニアが可愛がっている竜はこの帝国の長だったのだと気づかされて、エフィニアはどこかくすぐったいような気分を味わった。

「最高級の馬車と、精鋭《せいえい》の護衛だ。道中何事もないとは思うが――」

「大げさですわ、皇帝陛下。こんな豪華な馬車が到着したらフィレンツィアの皆はひっくり返って驚くでしょうね」

エフィニアの帰国に際し、グレンディルは権力に物を言わせ最高級の箱馬車と、大陸最強と言われる戦士を集め護衛団を組織した。

エフィニアは何度も「そこまでしなくていい」と言ったのだが、彼は頑として聞かなかったのである。

「それでは、行って参ります」

「あぁ……気を付けて」

グレンディルが切なげに眉を寄せる。

その表情を目にするだけで、エフィニアの胸にも甘い痛みが走った。

これは「運命の番」であるゆえに感じる痛みなのだろうか。

彼と離れれば、エフィニアも元に戻るのだろうか。

エフィニアが去った後、彼はどうするのだろうか……。

もともと、片田舎の小国の王女であるエフィニアと、大帝国の皇帝であるグレンディルでは住む世界が違う。

これで……二人が交わらなかった正しい運命に戻るのかもしれない。

次々と浮かび上がってくる様々な想いを振り払うように、エフィニアは深呼吸する。

ずっと待ち望んでいた帰国だ。

今は甘い感傷に振り回されている場合ではないのだ。

「……長らくお世話になりました、皇帝陛下」

未練を振り払うように、エフィニアは一礼してくるりと踵を返す。

だが、足を一歩踏み出そうとした途端、背後から声を掛けられた。

「……エフィニア姫、そのまま振り返らずに聞いてくれ」

エフィニアはよっぽど振り返ろうかと思ったが、ここはグレンディルの意思を尊重した。

声の聞こえる範囲にいるのはグレンディルとエフィニアの二人だけ。

多少の無礼は、見逃されるだろう。

「ミセリア嬢を欺いて挑発する際に、とんでもないことをしたのを覚えているか」

「ええ……できれば消し去りたい記憶ですわ」

パカパカと馬の蹄《ひづめ》の音が聞こえる。

顔を上げれば、エフィニアを故郷へと送る馬車が近づいてきていた。

「確かにクラヴィスの奴《やつ》は演技をしろと言った。だが……俺があの時口にした言葉に嘘はない」

一瞬、エフィニアは息が止まりそうになってしまった。

「今は『運命の番』という関係を越えて……エフィニア、君に惹かれている」

その瞬間、エフィニアはとうとう背後を振り返ってしまった。

だが一陣の風が吹いたかと思うと、既にそこに皇帝の姿はなかった。

呆然とするエフィニアに、近付いてきた馬車から降り立った官吏が声を掛けてくる。

「お待たせいたしました、エフィニア王女。……おや、皇帝陛下もいらっしゃると伺ったのですが……」

「……ご公務が忙しいようで、お帰りになられたわ」

「それはそれは……ところで王女、少々お顔に赤みが見られますが、もしや体調を崩されたのでは……」

心配そうにそう口にする官吏に、エフィニアは反射的に叫んだ。

「っ～～！　何でもないわっ！　早く出発しましょう!!」

「し、承知いたしました～!!」

豪華な箱馬車が、皇宮の門を越えて旅立って行く。

その姿が見えなくなるまで……大空を舞う小さな黒い竜は、金色の瞳で見つめ続けていた。

◇◇◇

「はぁ～、見ろよこれ。また娘を後宮に入れたいって申し出。今がチャンスだとでも思ってんのか

ね～」

クラヴィスは山のように積み重なった入宮《にゅうぐう》希望者の身上書を一枚つまみ、ピラピラと振った。

今までは側室の人選を他所《よそ》に放り投げていたため、知らないうちにどんどんと側室が増えているような有様《ありさま》だったが……今は違う。

きちんと後宮と向き合うことを決めたグレンディルは、自ら入宮を希望する娘の審査を始めたのだ。

……もっとも、今のところ誰一人として新しい側室は娶《めと》られていないのだが。

運命の番であるエフィニアが後宮を去って数ヵ月。

いまだに皇帝は、新しい寵姫を作る気配を見せてはいないのだった。

「しかし陛下はどうなさるおつもりなのでしょう。このまま一生エフィニア様を想い続けるのでしょうか……」

「さあな～、でもそれでもいいんじゃね？　あいつが独り身で死んだら、天下一武道会でも開いて一番強い奴を皇帝にすりゃいいだろ」

竜族の価値観においては、強さこそが絶対の指標だ。

だから、クラヴィスは別にグレンディルの血筋が途絶えようがそのあたりはどうでもよかった。

もっとも……臣下ではなく「友人」としては、友の恋愛成就を願ってはいたのだが。

「お前らも『運命の番』を見つけたらがっちり捕まえとけよ～。どこかの皇帝陛下みたいに逃げられないようにな！」

けらけらと笑いながら、クラヴィスは執務室を出る。

そろそろグレンディルが会議から戻ってくる頃合いだろう。

近頃の彼は会議のたびに方々から、「ではうちの娘を新たな側室にどうですか?」と勧められ、毎度毎度不機嫌オーラをまき散らしながら帰ってくるのだ。

適当にどこかでサボろうと皇宮をうろうろしていると……ふと珍しい香りが鼻を突いた。

「甘い……花の香り?」

この辺りで咲いている花とは違う、独特の香りだ。

以前にもその香りを嗅いだことがあることを思い出し、クラヴィスはにやりと笑う。

甘い香りは、クラヴィスがやって来た方向……皇帝の執務室の方へと続いていたのだから。

◇◇◇

「はぁ……」

ため息をつきながら、イオネラはひとり庭木に水をやっていた。

エフィニアが後宮を去ってから、イオネラはずっと主《あるじ》のいない屋敷を守り続けている。

いつエフィニアが帰って来てもいいように、しっかりと屋敷の手入れは欠かさない……つもりだったのだが――。

「どうしよう、ジャングルみたいになってきちゃった……!」

エフィニアがいた頃は美しく手入れが行き届いていた庭は、今や草木がわさわさと生い茂るジャングルのような有様となっていた。

密林へと成長しそうな草木を前に、イオネラは途方に暮れていた。

「これは雑草？　それとも切っちゃダメなやつ？　うわーん、エフィニア様～!!」

わぁわぁと一人で騒いでいると、不意に足元に何かが触れたような気がした。

『ぷきゅー！』

「えっ？」

イオネラの優れた聴覚は、確かに聞き覚えのある鳴き声を捕らえていた。

おそるおそる足元に視線を向け、イオネラは驚きに目を丸くする。

『ムー！』

『キィ！』

そこには……エフィニアと共に後宮を去ったはずの、精霊たちがいた。

彼らは「ただいま」とでもいうように、イオネラの足元にまとわりついてくる。

「あれ？　精霊ちゃんたち？　あれれ……ということは！」

わらわらと集まってくる精霊たちを抱き上げ、イオネラは晴れやかな気分で声をあげた。

「おかえりなさい……エフィニア様！」

◇◇◇

「まったく……よくもあんなことがあった後宮に娘を入れようなどと思えるものだな」

少々呆《あき》れ気味に、グレンディルは机上に積み重なった書類をめくる。

突き返しても突き返しても、このように入宮を希望する者は後を絶たない。

いっそ後宮を閉鎖して、何か別の用途に使った方がいいのかもしれない。

そんなことを考えながら、グレンディルは無感動に書類に目を通していく。

皇帝の不機嫌オーラを感じ取り皆逃げ出したのか、いつのまにか室内にいるのはグレンディル一人になっていた。

ぺらぺらと書類をめくる音だけが、執務室に響いていた。

「…………」

どれだけ美しかろうと、艶《あで》やかであろうと、グレンディルが並みいる娘に心を動かされることはなかった。

心が、魂が求めるのはたった一人だけ。

——『お初にお目にかかります、グレンディル皇帝陛下。フィレンツィア王国第三王女、エフィニアがご挨拶申し上げます』

幼い少女のような外見に似合わぬ、高潔な魂。

——『金《こん》・輪《りん》・際《ざい》！　わたくしに構わないでくださいませ‼』

決して軽んじられることをよしとしない気位の高さには、随分と痺《しび》れたものだ。

――『ほら、リンゴのタルトよ！　私が作ったの。食べられるかしら？』

だがひとたび外行きの鎧《よろい》を脱げば、素の彼女は驚くほど無防備で。

――『今、後宮は荒れています。陛下には後宮の主として、そしてこの国を、大陸を統《す》べる者として……もう少し、外ではなく内側にも目を向けていただきたいのです』

彼女に見つめられるたびに、彼女の声が耳に入るたびに、魂が震えるようだった。

きっと初めは、「運命の番」という存在だから気にかかっていたのだろう。

だが……きっとそんな運命など関係なく、グレンディルはエフィニアに惹かれていただろう。

グレンディルは大陸を統べる大帝国の皇帝。

エフィニアは辺境の小国の王女。

もしもグレンディルがもっと貪欲にエフィニアを望めば、彼女を後宮へ閉じ込めることもできたはずだ。

だが、そうしなかった。

そんなことをしても、彼女が不幸になるだけだとわかっていたからだ。

エフィニアに惹かれているから、恋しく思うからこそ、彼女の自由を奪うような真似《まね》はできなかった。

できれば……彼女の意志でもう一度ここに戻ってきて欲しい。

そんな一縷《いちる》の望みをかけて、エフィニアを送り出したのだが……。

「結果は……このザマか」

フィレンツィア王国からは、無事にエフィニアが到着したとの報が入った。

だが……それ以降何の音沙汰もない。

きっとエフィニアはもう、ここへ戻ってくるつもりなどないのだろう。

考えてみれば当然だ。

最初からとんでもない無礼を働き、彼女が後宮で冷遇されている事にも気づかず、何度も危険な目に遭わせた。

そんな場所に、どうしてエフィニアが戻ってくるなどと思えるのか。

自嘲するような笑みを浮かべ、グレンディルは窓の外を見上げた。

グレンディルの心中とは裏腹に、憎らしいほどの快晴だ。

……この空の下のどこかに、エフィニアがいる。

今は、それだけで満足しなければ。

「……未練がましいな、俺も」

エフィニアのことなど、忘れた方がいいのではないかと思うこともある。

だが、すぐに思い直すのだ。

あれほど自分の魂を震わせる存在を、忘れたくなどないと。

諦めて書類の確認に戻ろうとした時、執務室の扉が軽く叩《たた》かれる音がした。

グレンディルの不機嫌オーラに他の者は皆逃げた後なので、こんな時にやって来るのは物好きなクラヴィスくらいだ。

「入れ」

文句の一つでも言ってやろうと、グレンディルは口を開く。

だが遠慮がちに室内に足を踏み入れた人物を見て、そのまま開いた口がふさがらなくなってしまった。

「……失礼いたします」

ふわりと流れる桜色の髪は艶やかで美しく、ちらりとこちらを見やる新緑色の瞳は、吸い込まれそうなほどに澄んでいた。

まるでグレンディルの願望が具現化したのかと思うほど、最後に彼女を見送った日と少しも変わらない。

一日たりとも忘れることがなかった「運命の番」――エフィニアが、そこにいた。

「お久しゅうございます、グレンディル皇帝陛下。フィレンツィア王国第三王女、エフィニアがご挨拶申し上げます」

そう言って優雅に一礼した彼女は、呆然としたグレンディルを見つめて……少し照れたようにはにかんだ。

その表情を見た途端、グレンディルの胸にぶわりと熱いものがこみ上げる。

「……戻って来て、くれたのか」

おそるおそるそう問いかけると、その途端エフィニアは照れたようにぷい、と顔をそむけた。

「わ、わたくしはもっとゆっくりしてもよかったんですけどね⁉　私の話を聞いたお兄様が『皇帝陛下とアラネア商会の長に会わせてくれ！　ビジネスチャンスだ‼』とやかましいので……仕方なくですわ！」

「戻って来るとの連絡は、受けていなかったのだが……」

「いても立ってもいられなくなったお兄様のわがままで、精霊界を通って近道をして来たのです。出立と同時に文も送ったのですが……どうやらわたくしの方が先に着いてしまったようですの」

「……君の兄君は、今どこに」

「帝都に入った途端に大興奮してやかましかったので、アラネア商会の前に捨ててきましたわ。そのうち皇宮にも来るかと思いますので、お手数ですがご対応をお願いいたします」

言葉尻はそっけないが、エフィニアの頬は薔薇色《ばらいろ》に染まっていた。

その愛らしい姿に引き寄せられるように、グレンディルはがたりと立ち上がる。

「エフィニア……」

もう二度と会えないのではないかと思った存在が、今……目の前にいる。

こんなことなら、再会した時の言葉も考えておくべきだったのかもしれない。

そんなことを考えながら、グレンディルは一歩一歩彼女に近づく。

ゆっくりと近づいてくるグレンディルを見て、エフィニアはますます顔を赤く染めた。

顔だけではなく、首筋までも桃色に染まっている。

……とにかく、何か声を掛けなければ。

そんな思いに突き動かされるまま、グレンディルは口を開き、そして……。

——かぷり。

気が付けば、グレンディルは初めて会った時のようにエフィニアの首筋を甘噛《あまが》みしてしまっていたのだ。

はっと正気に戻った時にはもう遅い。

慌てて弁解しようとしたが、その前に林檎《りんご》のように顔を真っ赤に染め、涙目になったエフィニアが絶叫した。

「このっ……変態!!」

ばちん！と強烈な平手打ちが炸裂《さくれつ》し、エフィニアは脱兎のごとく駆け出していく。

「エフィニア、待ってくれ!!」

もう逃がしてなるものかと、グレンディルは即座にエフィニアを追いかける。

知らず知らずのうちに、彼の口元にはここ数ヵ月消えていた笑みが浮かんでいた。

この日、久々に戻ってきた妖精王女を、頬に手形を付け何故か嬉《うれ》しそうな皇帝が追いかけまわすという、地獄の鬼ごっこ（数ヵ月ぶり二回目）を王宮中の者が目撃したという。

……後に「帝国中興《ちゅうこう》の祖」と呼ばれる皇帝グレンディルと、「至上の賢妃《けんひ》」と謳《うた》われるエフィニア妃。

そんな二人の、決して歴史書には乗ることのない恥ずかしい歴史の一ページが、今日もやかましく刻まれていくのであった。

番外編　竜皇陛下、妖精王女の兄に遭遇する

Unmei no tsugai

「初めまして皇帝陛下、エフィニアの兄のカロンと申します」

「…………あぁ」

キラキラと目を輝かせ見上げてくる相手に、グレンディルは珍しく戸惑っていた。

数ヵ月ぶりにエフィニアが戻って来て数時間後。後宮の様子を見に行った彼女と入れ違いに、やって来たのは彼女の兄だった。

仮にも好意を寄せる相手の兄との初対面である。

傍目《はため》にはわからずとも緊張を滲《にじ》ませて対面に望んだのだが……一目で、グレンディルは度肝を抜かれてしまった。

うっかりグレンディルは相手がエフィニアと同じく妖精族だということを失念していた。

相対した想《おも》い人の兄は……せいぜい11～12歳くらいの少年にしか見えなかったのだ！

従属国とはいえ一国の王子だとわかっていても、ついつい毒気が抜かれてしまう。

「妹から話を聞き、もっと早くお会いしたいと思っていたのですが……遅くなってしまい大変申し訳ございません」

「いや、遠路はるばるよくぞ参られた。そなたの来訪を歓迎しよう。ゆるりとくつろぐがいい。それで……」

グレンディルは声を潜めると、きょとんと大きな目を瞬《まばた》かせるエフィニアの兄――カロンに問いかける。

「エフィニア姫は、俺のことをどのように話していた？」

グレンディルがそう口に出した途端、謁見の間の隅に控えていた官吏の表情が引きつった。

まさか泣く子も黙る冷血皇帝が、想い人の家族にそんな思春期の少年のような質問を（しかも当のエフィニアに隠れて）するとは思わなかったのである。

カロンはその質問にぽかんとしていたが、すぐに笑顔を浮かべた。

「あぁ、エフィニアですね。最初は黙っていましたが、久々の『エフィニアちゃんおかえりパーティー』で酔わせたらべらべら話してくれましたよ」

「それで、姫はなんと……」

「えっと、確か最初は……傲慢で態度がでかくて不遜なザ・竜族って感じの方だって言ってましたよ。あっ、これはあくまでエフィニアがそう言ってただけで僕がそう思ってるっていうわけじゃないですからね！」

「………そうか」

予想はしていたが、散々な評価にグレンディルは静かに落ち込んだ。

まぁ、もとはといえば身から出た錆《さび》だ。

初めて会った時はいきなり噛《か》みついて、そのことを追及されると照れ隠しに「あんな子どもみたいなのが俺の番とは心外だ」みたいなことを口走ってしまった。

エフィニアの心証が最悪なのもある意味納得なのだが……。

少しは挽回《ばんかい》できたと思っていたのも、単なる勘違いだったのだろうか。

ずーんと落ち込むグレンディルに気づいているのかいないのか、カロンは大きな目をいたずらっぽく瞬かせた。

その仕草が妹によく似ているな……とぼんやり考えるグレンディルに向かって、彼はおかしそうに口を開く。

「それで僕たちも『それは災難だったね』とか『皇帝の座に就くのに人格は関係ないんだね』とか話してたんですけど……そしたら急にエフィニアが怒りだして」

「怒りだした……のか？」

「ええ、『皇帝陛下を馬鹿にしないで！』って酒瓶を振り回して怒ったんですよ」

「……ん？」

「『グレン様は一見冷たく見えるけどちょっと抜けてるところがあるし、わかりにくいけど帝国や他の国のことも考えてるし、最近は後宮のことも考えてくれるようになったし、めちゃくちゃ強くて頼りになるんだから!!』って酔っぱらいながら激怒してたんですよ」

想い人の兄がおかしそうに口にした内容に、グレンディルは呆気《あっけ》に取られてしまった。

酒瓶を振り回した、という点も気になるところではあるが、それより気にかかるのはその内容だ。

エフィニアが自分のことをそんな風に言っていたなんて……駄目だ、少しでも気を抜けばにやけてしまいそうだ。

「お兄様!!」

その時、焦った声と共に謁見の間の扉が大きな音を立てて開く。

その向こうには、息を切らせて顔を真っ赤にしたエフィニアがいた。

「皇宮に着いたらまず私に連絡するように言ったじゃない！　なんで勝手に陛下に謁見してるのよ!!」

「いいじゃないかエフィニア。僕と陛下はじきに義兄弟になるんだから」

「気が早……じゃなくて！　何か陛下に失礼なことは言ってないでしょうね!?」

ぷりぷり怒りながら大股で（それでもグレンディルの通常の歩幅よりはよほど小さいが）エフィニアは足早にこちらへやって来る。

「……陛下、兄が失礼いたしました。その……彼が何か変なことを口走ったとしても、すべて虚言ですので！　真に受けることがありませんように!!」

「えぇ～、ひどいなエフィニア。君が小さい頃の可愛《かわい》らしいエピソードを陛下に披露していたところだったのに」

「なっ!?」

途端に長い耳の先っぽまで赤くなったエフィニアに、カロンはけらけらと笑う。

「嘘《うそ》だよ。陛下、エフィニアの可愛いエピソードについてはまたいつかお話しさせてくださいね」

「あぁ、楽しみにしている」

「もう、陛下まで乗らないでください！　お兄様も、ここは帝都なのでいつまでも田舎気分ではいられないのよ！　フィレンツィアでは許されることだって、ここでは大変なマナー違反だったりするんだから……それでは陛下、いったん兄に礼儀を叩《たた》きこむので失礼いたしますわ」

兄を引きずるようにして退室するエフィニアの背を眺めながら、グレンディルは口元に笑みを浮かべた。

控えていた者たちは「あれは次の侵略先を探している邪悪な笑みだ！」と震えあがったが……。

その実、「どうやってエフィニアの目を盗んで、彼女の兄に妹の可愛いエピソードを教えてもらおうか」と考えていただけなのである。

番外編　妖精王女、ちょっと背伸びをしてみる

「うーん、どのドレスがいいかしら……」

「今回の宴《うたげ》はエフィニア様が主役ですからね。ばっちりエフィニア様の存在感をアピールしなければ！」

「別にそんなことしなくてもいいのよ……」

一度故郷に戻った際に、エフィニアは何着ものドレスを持ってきていた。

だから以前のように「衣装がない！」と慌てなくともよいのだが……いざたくさん選択肢があると、それはそれで迷ってしまうものだ。

エフィニアが後宮に戻って少し経《た》った頃、皇帝グレンディアはエフィニアの帰還を祝う宴を催すと宣言した。

後宮に残った他の妃《きさき》も招いての、大々的なものである。

エフィニアとしてはそこまで大々的なものは望まなかったのだが、グレンディルが自分のために祝宴を催してくれるというのはやはり嬉《うれ》しかった。

何より宴があれば美味《おい》しいものが食べられる。

故郷の食事も懐かしくてたっぷり堪能《たんのう》したものだが、やはり食べ飽きた感は否めなかった。

そろそろバリエーションに長《た》けた帝都グルメをたっぷりと味わいたいと思っていた頃なのだ。

Unmei no tsugai

「うふふ、どんな料理が出てくるのかしら……楽しみだわ」

鏡の前で衣装を合わせながら、エフィニアはにんまりと口元に笑みを浮かべた。

◇◇◇

宴が催されるのは、皇宮の大広間だ。

主役であるエフィニアは皇帝グレンディルと揃《そろ》って入場する手筈《てはず》になっている。

皇宮に向かう馬車の中で「まるで皇后さまみたいですね！」とやかましかったイオネラの言葉を思い出し、エフィニアは一人赤面した。

（べっ、別にそんなつもりじゃない……はずよ。皇帝陛下は後宮に対するスタンスを変えたのだから、私じゃなくても同じことをする、はず……）

そう言い訳してみたが、頬の熱は引きそうにない。

――「今は『運命の番』という関係を越えて……エフィニア、君に惹《ひ》かれている」

「～～!!　もう!!」

あの言葉は……どういう意味だったのだろう。

エフィニアを「運命の番」という関係に囚《とら》われない、一個人として認めてくれたということなのだろうか。

それとも……もしや、言葉通りに愛の告白だったのでは――。

「わあぁぁぁぁ‼」

「エフィニア姫！　いかがなされましたか‼」

恥ずかしさのあまり奇声を発し始めたエフィニアに、お付きの官吏はあたふたと慌てふためいていた。


「うぅぅ……」

馬車の中で色々と妄想が爆発してしまったせいで、エフィニアは少々尻込みしながら皇帝グレンディルのもとへと向かっていた。

グレンディルと顔を合わせづらい。だがまさか、主役であるエフィニアがみっともなく逃げ帰るわけにはいかない。

エフィニアはもともと小さな歩幅をさらに狭めて、少しでもグレンディルに会うのを先延ばしにしようとしていたが……無情にもすぐに大広間のすぐ隣の待機室についてしまった。

「中で陛下がお待ちです」

官吏が扉を開き、エフィニアはごくりとつばを飲み込み中へと踏み込んだ。

果たして中では、皇帝グレンディルと側近のクラヴィスが待っていた。

エフィニアが一礼すると、すぐにクラヴィスが声をかけてくる。

「おっ、今日の姫はいつもより大人っぽいですね〜」

「……それは嫌味かしら」

「いえいえ、本心ですって！　お前もそう思うよな？」

クラヴィスがグレンディルに意見を求めたので、エフィニアは内心慌ててしまう。

（うっ、少し背伸びしたドレスを着てきたのだけど……へ、変じゃないよね……？）

初めて帝国を訪れた際に、エフィニアは嫌というほど周囲に子ども扱いされたものである。

その反省を生かし、一度故郷に帰った際にはより大人っぽく見えるようなドレスを仕立てたり借りたりして持ち帰って来た。

いま身に着けているのも、淡い青色を基調としたかなり大人っぽいデザインのドレスだ。

普段身に着けている衣装に比べると、胸元や背中がやや挑戦的に開いているのである。

クラヴィスに声をかけられても別に何とも思わないが、グレンディルに見られていると思った途端に恥ずかしくなってしまう。

（陛下は、どう思われるかしら……？）

おずおずと顔をあげると、グレンディルは金色の瞳でまっすぐにこちらを見つめている。

彼はしげしげとエフィニアの格好を眺めたかと思うと、口を開いた。

「その格好は……寒くはないか？」

「は？」

思っていたのとまったく別方向の発言に、エフィニアは思わず眉を吊《つ》り上《あ》げてしまった。

（「寒くはないか」ですって？　ドレス姿の女性に会って開口一番言うことがそれ？？　他にもっと言うべきことがあるでしょ!!）

女性が着飾って現れたらとりあえず褒めるのがマナーではないのか⁉

寒くないか心配するにしても、もっと言いようがあるのではないか！！？

（そうね……しばらくぶりで忘れていたわ。皇帝陛下はこういう無粋なお方だってこと！）

数ヵ月会わないうちに、エフィニアは頭の中でずいぶんとグレンディルを美化してしまっていたのかもしれない。

エフィニアは怒りを押し殺しにっこり笑うと、ゆっくりと口を開く。

「ご心配頂き光栄です、皇帝陛下。ですが、オシャレに犠牲はつきものなのです。たとえ寒さに震えていようとも、『少しも寒くないわ』と胸を張るのです。ご心配は無用ですわ」

「そ、そうか……」

エフィニアの気迫に気圧《けお》されるグレンディルの隣で、クラヴィスは「マナー講座を復習させとくんだった……」と頭を抱えていた。

（まったくもう……。こうなったら、陛下のことは忘れて思いっきり料理を味わってやるんだから！）

エフィニアがぷんすかと怒っていると、官吏が「そろそろ入場のお時間です」と告げに来る。

エフィニアはグレンディルと共に、大広間の入り口の扉の前に立つ。

「エフィニア姫、手を」

「はい、陛下」

グレンディルはエフィニアの手を取ると、何か思う所があったのかじっとエフィニアを見下ろした。

「……小さいな」

「は？」

この状況で喧嘩《けんか》売っとんのか、とエフィニアは表情を歪《ゆが》めたが、グレンディルは慌てたように付け加えた。

「いや、あらためて……君の手の小ささに驚いただけだ。俺の中で君は大きな存在だったからな」

（そ、それはどういうことなの……⁉）

思わぬ皇帝の言葉に戸惑っていると、ゆっくりと目の前の扉が開き始めてしまう。

エフィニアは慌てて表情を引き締め、背筋を伸ばし正面を向いた。

「皇帝陛下、並びにエフィニア王女のご入場です！」

グレンディルと共に、エフィニアは大広間へと足を踏み入れる。

大広間には多くの者が集まっている。ちらりと視線をやっただけでも、後宮に残った面々も来ているのがわかる。

（ふふ、皆楽しんでるわね）

ぱちんとウィンクを送って来たアドリアナに微笑《ほほえ》み返し、エフィニアは会場を進む。

グレンディルはエフィニアに気を使っているのか、並んで歩いていても決して急《せ》かされるようなことはなかった。

大広間の最奥、一段高くなった場所が皇帝グレンディルの……そして本日は、エフィニアの席となっている。

だが、近くまで来てエフィニアは足を止めてしまった。

そこに用意されていたのは、皇帝用の席一つだけだったのだから。

その光景を見た途端、エフィニアのワクワクした気分は急速にしぼんでいってしまう。

(……もしかして私、歓迎されてなかったのかしら)

まるで「お前などいらない」とでもいうように、エフィニアの席はどこにも用意されていない。

(ここに、戻って来るべきじゃなかったのかな。……皇帝陛下も、私なんていない方が――)

そう、ネガティブな感情に支配されかけた時だった。

「…………おい」

すぐ隣から地を這《は》うような低い声が聞こえ、エフィニアは思わずびくりと体を跳ねさせてしまう。

反射的に声の主を仰ぎ見て、エフィニアは更に「ひぇっ!」と小さく悲鳴を上げかけてしまった。

グレンディルの表情は静かだったが、誰が見てもわかるほどの怒りのオーラを纏《まと》っている。

彼の機嫌と呼応するかのように、窓の外からゴロゴロと雷鳴が聞こえてくるほどだった。

(こ、これが泣く子も黙る「冷血皇帝」の姿……!)

今の彼はまさにその呼び名にふさわしい、恐ろしい殺気を放っている。

エフィニアとて「人前でみっともない姿は見せられない」という矜持《きょうじ》がなければ、恐ろしさに腰を抜かしていたかもしれない。

「……何故《なぜ》、姫の席が用意されていない。責任者はどこだ」

まるで噴火寸前の火山のような、燃え盛る怒りを押し殺した声に、集まっていた者は皆震えあがった。

　特にこの宴の準備を担当した官吏は、蛇に睨《にら》まれた蛙《かえる》のように竦《すく》みあがっている。

「い、いえ……これはその……」

「この宴の主役であり、友好国の王女であるエフィニア姫の席を用意しないとは……よほど帝国の威信に傷をつけたいとみえる」

「ち、違うのです陛下！」

「何が違う、言ってみろ」

　怒りのあまりグレンディルの体から漏れだした魔力が小さな炎となり、チリチリと空気を焦がす。すぐ隣にいるエフィニアなど、火傷《やけど》しそうなくらいだ。

　だが、それとは別に……胸の奥がじんわりと熱くなる。

（陛下……私のために、怒ってくださるのね）

　彼はエフィニアが軽《かろ》んじられたことに怒っているのだ。

　エフィニアの立場や矜持を守るために、こうして怒りをあらわにしてくれているのだろう。

　……その怒り方が、少し度を越しているような気はするが。

　件《くだん》の官吏はだらだらと冷や汗をかきながらも、懐から紙束を引っ張り出す。

「こ、こちらの議事録に……陛下のお言葉がっ……」

「俺が、なんだと？」

「その、以前ファルサ公爵を召還した際の議事録に……『エフィニア姫の席は未来永劫《えいごう》俺の膝の上だ』とのお言葉が……」

官吏が震える手で指したのは、以前ミセリアを嵌《は》めようと呼び出した際の議事録――しかも、グレンディルとエフィニアがラブラブバカップルを演じていた時に確かに口に出した言葉だった。

つまりは以前グレンディルが戯れで口にした言葉が、うっかり帝国の公的ルールとして周知されてしまったようなのである。

……穴があったら入りたい。

きっと隣でグレンディルもそう思っている事だろうと、エフィニアは羞恥で顔を赤く染めながら確信していた。

「……そうか。だがやはり、利便性を考え次回からは姫の席も用意するように」

「しっ、承知いたしましたぁ‼」

一命をとりとめた官吏は自らの首と胴体が繋《つな》がっていることに感謝し、天を仰いでいる。

グレンディルは何事もなかったかのように、エフィニアの手を引いてすたすたと歩きだした。

そして皇帝のために用意された席に腰掛けると……なんと、自らの膝の上にエフィニアを座らせたのだ！

「なっ、陛下⁉」

「仕方ないだろう、今日はこのスタイルでやり過ごすしかない」

「うぅぅ……」

フィレンツィア王国のような皆がゆるふわな小国とは違い、帝国は厳重なルールの下に統治される大国だ。

いくら皇帝とはいえ、その場の気分で決められたルールを捻《ね》じ曲《ま》げることは許されない。

一度「姫の席は未来永劫俺の膝の上だ」と公的な場で発言してしまったからには、そのルールを書き換えるまで従わなければならないのだ。

そう、わかってはいるが……。

(恥ずかしい……！　完全に罰ゲームじゃない、これ!!)

エフィニアは恥ずかしさのあまり真っ赤になって俯《うつむ》き、ぷるぷると震えていた。

だがグレンディルはさすがのポーカーフェイスを保ち、何事もなかったかのように宴を進行させている。

当然周りの者も、皇帝が小さな番を堂々と膝に乗せている姿に突っ込むことなど出来はしない。

エフィニアがグレンディルの膝に乗っていること以外は、何の問題もなく宴は始まってしまったのだ。

皇帝であるグレンディルのもとには、当然ひっきりなしに皆が挨拶にやって来る。

彼らは皇帝に平伏《ひれふ》し、興味津々な視線でエフィニアをチラ見し、ニヤニヤとお世辞を言うのだ。

「いやいや、比翼連理とはまさにこのことですな！」

「このように愛らしい姫君には初めてお目にかかります。陛下が寵愛《ちょうあい》なさるのも当然ですね」

「番様を大切になさる皇帝陛下の御代《みよ》はたいそう繁栄するとの言い伝えがございます」

「我が国の未来も安泰ですな！」

誰もがエフィニアのことを、「冷血皇帝が溺愛する運命の番」だと信じて疑わないようだ。

エフィニアは平静を装いながらやって来る者たちに微笑むのだが、内心は暴風雨が吹き荒れていた。

（あぁぁぁぁぁ、どんどんと誤解が広がっていく……）

「エフィニア様、お招きいただき感謝いたします！　うふふ、本日も皇帝陛下と仲がよろしくて……眼福ですわ♡」

からかうようにそう口にするのはアドリアナで、

「ふん、戻って来たのね。あのトカゲ女も消えたことだし、張り合いがなくなってたところなのよ。せいぜいこれからも私のライバルとして励むがいいわ」

謎のライバル宣言と激励を飛ばしてきたのは、今も後宮に残っているレオノールだ。

次から次へと人がやって来て、大勢にこの膝抱っこ体勢を見られたと思うと楽しみにしていた料理を味わうどころではない。

宴が終わるころには、エフィニアは羞恥心や疲労が積み重なってくたくたになってしまっていた。

◇◇◇

「…………」

「……その、済まなかった」

エフィニアの疲労を察してか、グレンディルはエフィニアを連れて早々に宴の場を後にしていた。

「世界の広さから比べれば、私が恥をかいたことくらい大したことじゃないわ。そう、大海を漂う一粒の泡のように……」

あの場にいた大勢に膝抱っこを見られた精神的ダメージで、エフィニアはよくわからないことをぶつぶつと呟《つぶや》いている。

……このまま後宮に戻すのは、いささか心配だ。

迷った末にグレンディルがエフィニアを連れてきたのは、皇帝の執務室だ。

「はっ、ここはどこ？」

「やっと現実に戻って来たか」

エフィニアが現実の世界に戻ってきたのを確認して、グレンディルは女官を呼ぶ。

すぐにやって来た女官が運んできたものを見て、エフィニアは目を見開いた。

「これは……！」

「あの場では満足に食べることもできなかっただろう」

エフィニアの眼前にずらりと並んでいるのは、宴の場で出されたデザートの数々。

驚いてグレンディルを見上げると、彼は少しだけ表情を緩めた。

「どうぞ、召し上がれ」

なんだか照れくさくなったエフィニアは、慌ててグレンディルからデザートの数々へと視線を移す。

帝国の威信を誇示するかのように、大陸各地の有名デザートがずらりと並んでいる。

そのラインナップを眺めていて、エフィニアはあることに気が付いた。

(これ、私の好物ばっかり……!)

まだグレンディルが幼竜クロだと気づかなかった頃、エフィニアはたびたびやって来る幼竜に様々なことを話してやったものだ。

その中には好きなスイーツの話もあったと思うが……まさか彼は、エフィニアの他愛ない話をしっかり覚えていたのだろうか。

(…………甘い)

手元のケーキを一口、スプーンですくって口に運ぶ。

何故だか普段よりもずっと、甘く感じた。

(……本当に、デリカシーがなくて無粋で朴念仁《ぼくねんじん》で――)

グレンディルの欠点をあげろと言われれば、エフィニアはいくらでも思いつくことができる。

だが、こういう風に時折思いやりを見せるのが……ずるい、と思う。

悶々《もんもん》としながらケーキを頬張っていると、不意にグレンディルが口を開いた。

「時にエフィニア姫。本日の君の格好だが、やはり露出が多すぎるのではないだろうか」

「……このくらい普通では？　宴の場には同じようなデザインのドレスをお召しになった方もたくさんいらっしゃいましたもの」

「だが、君にはもう少し肌を出さないような衣装の方が似合うのではないか」

遠慮がちにグレンディルが口にした言葉に、エフィニアはカチンときてしまった。

（子どもみたいな私には大人っぽい格好は似合わないってこと⁉　まったく、少し見直しかけたと思えばこれよ‼）

「私がどんな格好をしようと私の自由でしょう⁉　陛下に文句を言われる筋合いはございません！」

「いや、それはそうなのだが……その、俺が少し困る」

「なんで困るんですか‼」

憤慨するエフィニアに、グレンディルはしばしの間躊躇《ちゅうちょ》していたが……やがて意を決したように口を開いた。

「……背後から見ると、君の背中が目に入るたびに噛《か》みつきたくなって困る」

「…………………」

まさかの言葉にエフィニアは固まり……一拍遅れて真っ赤になった。

宴の最中、エフィニアはずっとグレンディルの膝の上に座っていた。

グレンディルから見れば、常にエフィニアの背中が視界に入る状態だったのだろう。

つまりあの宴の最中、彼はずっと……。

「このっ……変態‼」

一瞬で羞恥心が極限突破したエフィニアは、とっさに手元のケーキをグレンディルの顔面目掛けて投げつけていた。

グレンディルの能力からすれば避けるのは容易《たやす》いはずだが……彼は甘んじてクリームの洗礼を受

け入れていた。

「……甘い、な」

ぺろりと口元のクリームを舐《な》めとったグレンディルに、エフィニアは更に真っ赤になる。

（本当にこのお方は……もう！）

なんだかんだで互いに振り回されている竜皇と妖精姫の夜は、今日もにぎやかに更けていくのだった。

あとがき

はじめましての方もそうでない方も、作者の柚子《ゆず》れもんと申します。

この度は、『冷血竜皇陛下の「運命の番」らしいですが、後宮に引きこもろうと思います～幼竜を愛でるのに忙しいので皇后争いはご勝手にどうぞ～』をお手に取っていただき、誠にありがとうございます。

見た目は幼くてもしたたかな妖精姫エフィニアと、冷血に見えても少し抜けたところがある竜皇グレンディル。

何もかもがでこぼこな二人の恋愛模様、いかがでしたでしょうか。

竜族と妖精族、常識も慣習も何もかも違う二人が徐々に心を通わせていく模様をお楽しみいただけましたら幸いです。

小説を書く際にも二人の体格差は意識していたのですが、ゆのひと先生のイラストで見るとより二人の差が顕著でたまりませんね。

特に街へ出かけるときの二人が手を繋いでいるイラストは必見です！

犯罪級に可愛いですね！

本作につきましては、ヤス先生によるコミカライズも連載中です。

後宮の日常や精霊たちとの触れ合い、ミセリアやレオノール以外の後宮の姫たちも可愛く細やかに描かれておりますので、是非ご覧いただけると嬉しいです。

特に幼竜ちゃんの可愛さにはきゅんきゅんすること間違いなしです！

大きな事件を乗り越えてお互いを想いあうようになったエフィニアとグレンディル。

ですが互いに相手の心中はわからず、まだまだ乗り越えるべき問題もたくさんあります。

そんな二人が今後どうなっていくのかは、有難いことになんらかの形でお見せできる予定です。

ぜひ、今後も妖精姫と竜皇陛下の恋模様を応援してくださると嬉しいです！

最後になりましたが、書籍化にあたり悶絶するほど可愛いイラストを描いてくださったゆのひと先生、いつもエフィニアたちにいきいきと命を吹き込んでくださるヤス先生、本作の出版に関わってくださったすべての方々、そして応援してくださる読者様に感謝を申し上げます。

Kラノベブックスf

冷《れい》血《けつ》竜《りゅう》皇《おう》陛《へい》下《か》の「運《うん》命《めい》の番《つがい》」らしいですが、後《こう》宮《きゅう》に引《ひ》きこもろうと思《おも》います

～幼竜《ようりゅう》を愛《め》でるのに忙《いそが》しいので皇后争《こうごうあらそ》いはご勝手《かって》にどうぞ～

柚子《ゆず》れもん

2023年12月26日第1刷発行

発行者	森田浩章
発行所	株式会社 講談社 〒112-8001　東京都文京区音羽2-12-21
電　話	出版　(03)5395-3715 販売　(03)5395-3605 業務　(03)5395-3603
デザイン	川野美樹（growerDESIGN）
本文データ制作	講談社デジタル製作
印刷所	株式会社ＫＰＳプロダクツ
製本所	株式会社フォーネット社

ISBN978-4-06-527644-0　N.D.C.913　303p　19cm
定価はカバーに表示してあります

ファンレター、
作品のご感想を
お待ちしています。

あて先　〒112-8001　東京都文京区音羽2-12-21
（株）講談社　ライトノベル出版部 気付
「柚子れもん先生」係
「ゆのひと先生」係

Kラノベブックス

異世界メイドの三ツ星グルメ1～2
現代ごはん作ったら王宮で大バズリしました

著:モリタ　イラスト:nima

異世界に生まれかわった食いしん坊の少女、シャーリィは、ある日、日本人だった前世の記憶を取り戻す。ハンバーガーも牛丼もラーメンもない世界に一度は絶望するも「ないなら、自分で作るっきゃない！」と奮起するのだった。

そんなシャーリィがメイドとして、国を治めるウィリアム王子に「おやつ」を提供することに⁉　王宮お料理バトル開幕！